那一年最美好的冬天

刘胜 著

中国书籍出版社
China Book Press

图书在版编目（CIP）数据

那一年最美好的冬天 / 刘胜著 . -- 北京：中国书籍出版社，2019.10

ISBN 978-7-5068-7370-3

Ⅰ . ①那… Ⅱ . ①刘… Ⅲ . ①散文集—中国—当代 Ⅳ . ① I267

中国版本图书馆 CIP 数据核字（2019）第 144360 号

那一年最美好的冬天

刘　胜　著

策划编辑	朱　琳
责任编辑	朱　琳
责任印制	孙马飞　马　芝
封面设计	仙境
出版发行	中国书籍出版社
地　　址	北京市丰台区三路居路 97 号（邮编：100073）
电　　话	（010）52257143（总编室）　（010）52257140（发行部）
电子邮箱	eo@chinabp.com.cn
经　　销	全国新华书店
印　　厂	三河市嘉科万达彩色印刷有限公司
开　　本	880 毫米 ×1230 毫米 1/32
字　　数	224 千字
印　　张	10.5
版　　次	2019 年 10 月第 1 版　2019 年 10 月第 1 次印刷
书　　号	ISBN 978-7-5068-7370-3
定　　价	98.00 元

版权所有　翻印必究

目 录

第一章　那年冬天

那一年最美好的冬天 //003

一个经常出差的男人,后边一定有个伟大的女人 //014

青春快乐,生日快乐 //017

把美的本色留给彼此 //022

娶老婆是有运气成分的 //026

他就是个滥好人 //030

第二章　大人讲逻辑，孩子讲脾气

珊瑚会 //037

二宝的改变 //041

教育孩子是个大课题 //045

大人讲逻辑，孩子讲脾气 //048

小孩子分蛋糕 //052

俩宝的家长会 //056

给圣诞老人写信 //060

大宝要出书 //063

家庭的规则意识越强，孩子越有安全感 //066

世界是公平的 //070

现世安稳，岁月静好 //074

养孩子是最好的修行 //077

第三章　陪伴是这个世界最温暖的词

一日三餐 //083
一家仨娃 //088
三个孩子一台戏 //091
一天一夜 //095
婚姻没有秘诀，要去经营 //097
婚姻是世界上最难的合作 //100
陪伴是这个世界最温暖的词 //105
父母在，人生尚有来处 //109
我们都是坚强的爸爸妈妈 //112
父母的幸福是我最重要的诉求 //121
爱做饭的厨男 //125
若隐若现的埃菲尔铁塔 //128

第四章　我的朋友遍布天下

老大哥的情怀和细节 //133

家乡的朋友 //136

面对朋友，当面说真话，背后说好话 //139

我的朋友遍布天下 //143

朋友高顾 //146

第五章　奔跑吧，少年

深处想，浅处活 //153

相遇从不恨晚 //156

机会不等人，需要赶两步 //158

沟通真是个技术活儿 //161

奔跑吧，少年 //164

创业就是资源变现 //169

为朋友服务本身就是一种价值 //172

第六章　人生充满无限可能

我要更好地成为自己 //179

行万里路，读万卷书 //182

人生充满无限可能 //185

在平凡中做出不平凡的坚持 //189

人间值得，写日记更值得 //193

与众不同的特质 //197

未来唯一确定的就是不确定性 //201

自己不牛，认识谁都没用 //203

第七章　独处的自律才是真的修行

认真是一个人最值得炫耀的秉性 //207
人最难的是坚持 //211
在公众场合自我约束 //214
信任的力量 //218
早起的乞讨者 //222
你准备好礼物了吗 //226
见识大于知识，经历大于学历 //230

第八章　平淡的日子，耐心地过

平淡的日子，耐心地过 //237

信我所信 //239

假装努力是没有用的，因为生活不会陪你演戏 //242

人心难测 //244

既上舌尖，又上心间 //249

生活真是不容易，到处是坑 //253

宁可不识字，不可不识人 //258

面对再繁华的世界，都应该有一颗平静的心 //261

一直在路上 //265

第九章　一个故事就是一个回忆

西西里不哭的木棉花 //271
一个故事就是一个回忆 //284
萍水相逢的机缘 //289
特定年代的特殊记忆 //293
成都，我来了 //297
刚子与三哥 //301
相逢的人会再相逢 //314

以爱之名，用心致谢——写给自己和所有支持我的人 //317

第一章

那年冬天

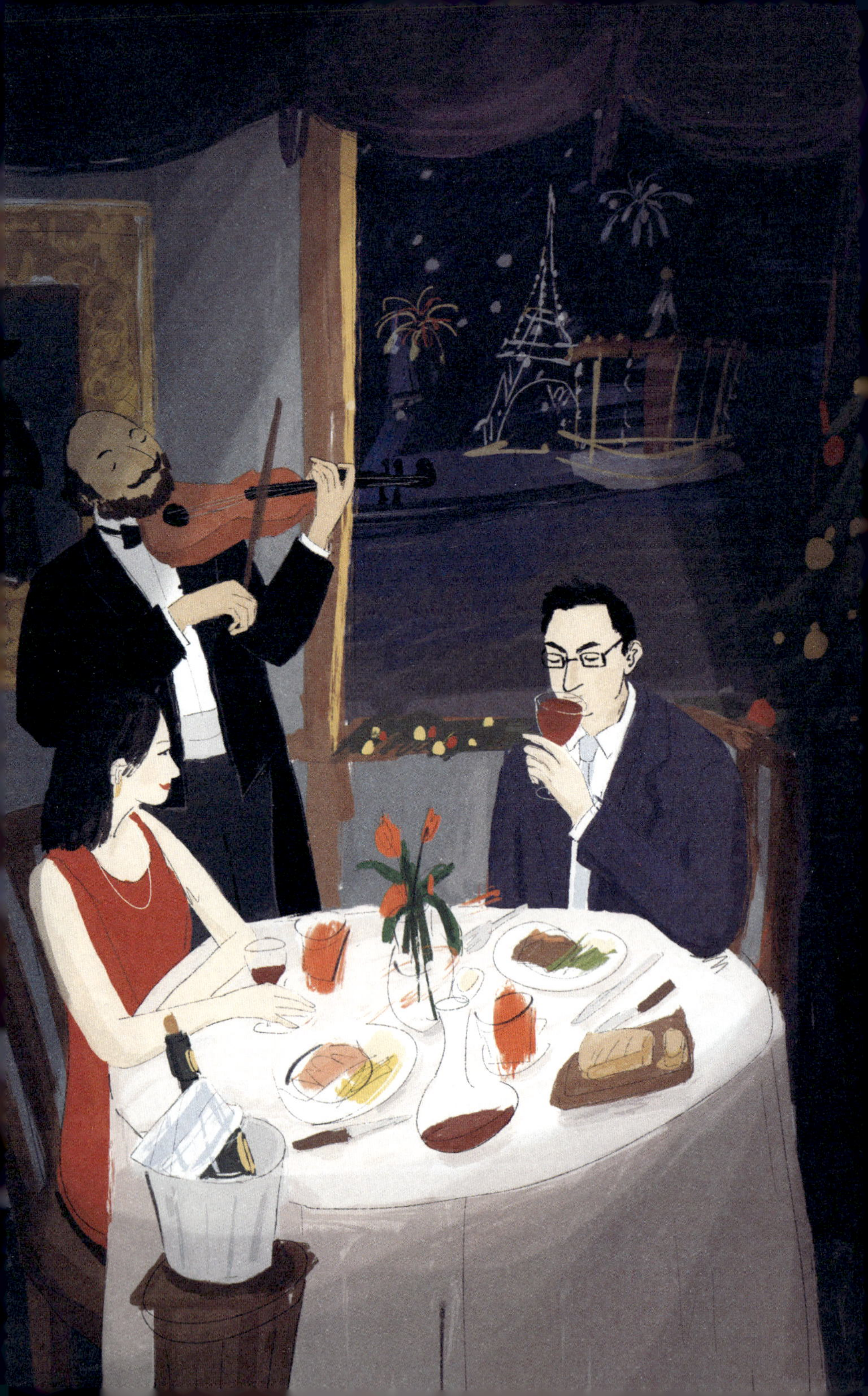

那一年最美好的冬天

对于文字的把握,我还是很有感觉的。一个人内心如何,除了看他的外表,最直观的就是看他写的文字,文如其人。

从开始喜欢写东西到现在也有二十年了。大学时代,除了做学生会主席,最令我自豪的就是做了校报主编,那时的风云成就了我的现在。

留法十五年,生活一路奔波,一路高歌,看起来我的前进之路从没有坎坷。其实,何止是坎坷,异国他乡,相似的只有太阳和月亮,其他的,都需要从头来过。

如今,回首过往的岁月,一念千年。此时此刻,夜不深,人不静,而过往的一切如一部电影一样,历历在目。若有机会,好想从头再来。

回到当年,回到温暖我和刘太太的那一年最美好的冬天。

刚来法国的时候,我最大的困扰就是:没钱。

来法国一年了,跟老婆就去过一次餐厅,是麦当劳。

点餐的时候特紧张,法语也不好,就怕点多了。哆哆嗦嗦地点了一个套餐,7欧元。两个人分着吃,吃完了,都说很饱,都感觉撑得不行。

一分钱，真的掰成两半花。

刚到法国，除了专业课，我和老婆都还要学习语言，从语言学校到住处的途中，有一家看起来特别高级的餐厅。

每次路过，我们俩都会看看挂在门口的菜单。餐厅那高雅的装修配着一幅幅美食图，特别诱人。

男人喜欢在自己爱的女孩面前许诺。每次，我都会跟老婆说："等有一天，咱们有钱了，进去吃一餐。"

那个餐厅最便宜的套餐39欧元。那时候，对我们来说，简直就是天文数字。

老婆每次听了都特感动，都会指着餐厅的套餐配图，说："我要吃这个。"有时候她要吃牛排，有时候又想吃烤鱼。

口水，都一起流到了肚子里。

虽然这个梦，距离现在感觉是有点远。但是，那时候，老婆的每次点菜，都让我感觉到了幸福。

因为，里边有我们的未来。

老婆陪伴我这么多年，最伟大之处，就是从来不攀比，也不给我压力。

对女人的承诺，对美食的向往，让那个餐厅的菜单变成了一幅最美的画，定格在我的脑海里。

要学习专业课，还要学习语言，我们非常忙。想去打工，却有心无力。省钱成了生活中最大的主题。按计划生活，变成了最应该做的事情。

每次去超市，采购一个礼拜的菜，就50欧元的预算，但从没有感觉到辛苦。

这 50 欧元的价值,被我们发挥到了极致。

早餐,我给老婆做比列塔尼的煎饼,配上巧克力,好吃极了,老婆每天都能吃五个,吃了整整一年。

直到今天,巧克力煎饼还是老婆的最爱之一。

那是最美的回忆。

午餐基本都是炒饭和三明治,自己做的,没什么成本。晚上就很丰盛了:猪肉炖白菜、烤披萨,中西结合,每次吃完,她都表扬我很久。

然后我们就一起鄙视那个 39 欧的套餐。太坑人了,感觉是黑店。

在法国待了半年之后,各方面都熟悉了,语言也好了起来。

学语言,我有一个值得大家借鉴的经历。

我住的小城有一条河,巨美。周末的时候,很多当地人都在河边钓鱼。钓鱼的时候,很多人都在无所事事地等待鱼儿上钩。有几个老爷爷,我每次路过他们都在,我偶尔会跟他们打声招呼。

那个时候,在那个小城,中国留学生很少。我们是"稀有物种",容易获得关注。于是一来二去,我跟那几个老爷爷混熟了。

狠了狠心,我也买了一根鱼竿,9.9 欧元。

醉翁之意不在鱼,我就想跟他们多练习法语。

果然,愿者上钩。

每次一起钓鱼,老爷爷们都会教我法语,这是学习法语的最好机会。后来,我干脆拿了一个本子,让他们每天每人写一段法语句子给我。

这个经历让我受益匪浅,我的口语突飞猛进。

这群老爷爷里有一个人特别好。他来自布雷斯特，有一位英国太太。他特别喜欢我，把我当作干儿子了。我给他起了个中国名字，叫万太阳。他很喜欢。

我说过不止一次，我运气超好，走到哪里都会碰到愿意帮我的人。

万太阳也是一个这样的人。

万太阳夫妇退休了，闲。万太太厨艺超好，他们几乎每个礼拜都会请我们吃饭。一般到了礼拜五下午我下课的时候，万太阳就会开车来接我们。同学们很羡慕我有个干爹罩着，很幸福。

这是一个传统的法国家庭，他们有三个孩子，最小的都去英国读大学了，家里摆设特别讲究，吃饭时摆盘超级美。

近朱者赤。

我今天对家里摆设的要求和做菜摆盘的追求，都有他们的影子。

有了万太阳夫妇和我老婆的陪伴，日子过得飞快。在那个小城市，无忧无虑，日出而作，日落而息，日子过得跟那条河一样平静，我跟老婆的梦想就是这样安静下去，天长地久，源远流长。

到了我们在法国快一年的时候，圣诞节前，我找到了一个晚上去中餐馆打工的机会。每晚20欧元，管饭。

天上掉了馅饼，砸在我头上。我的生活就是这样有运气。

我主要练习切菜、配菜，基本功需要日积月累，到现在我切土豆丝的速度都无人能及。

感谢那时候努力的自己。

中餐馆的工资都是日结的。每天晚上，我都吃得饱饱的，带着20欧元回来。因为工作努力，回来的时候还可以带点小夜宵。

小城市的夜生活不丰富，中餐馆打烊的时间不算很晚，有时候10点就回家了。我会把那20欧元拿给老婆看，老婆一边吃着夜宵，一边就在灯底下看看钱的真假。

灯光下，饭香与美貌齐飞，钞票跟梦想一色。

天天把欧元放在枕头下的日子里，我们睡得很香。

日子过得很快，在法国的第一个圣诞节就要到了，老婆的生日也临近了。

重要的时刻绝不掉链子，这是我多年来的坚持。

我准备给老婆一个惊喜。

万太阳好久不来接我了。

临近圣诞，他跟太太去英国了，每个礼拜五的期盼就变得遥远了。

去他家吃饭，我总是带一些小礼物：一个中国结，一瓶便宜的红酒，几个手工做的煎饺……

很多快乐的日子，都带着欢声笑语，伴随着万太阳夫妇的完美晚餐。

圣诞节是法国一年中最重要的节日。即使在一个小城，气氛也是热烈的。

大路上到处张灯结彩，旋律优美的圣诞歌一直回放，空气的味道都是甜甜的。

我牵着老婆的手，走在小街上，快乐得快要飞起来。

圣诞节的那天中午，做午餐的时候，我对老婆说："刘太太，今天我会给你一个惊喜。"

那时候老婆刚刚21岁，是世界上最单纯的女孩，眼睛里没有一丝杂质，水蛇腰，轮廓异常迷人。

她问："什么惊喜啊？"

我说："一会儿我带你去买衣服，咱们晚上去那个高级餐厅吃饭，位置我订好了，衣服我也看好了。"

她欣喜若狂。我知道，老婆是一个内敛的人，很少去表达自己的内心，她的欣喜若狂是表现给我看的，她想给我鼓励。

我领着她去了 Zara 的店，一个很时尚却并不贵的西班牙品牌。

我看上了一件小羽绒外套。

49.99 欧元。

这家店我们几乎每天都路过，这件摆在橱窗里的外套，我已经等了它很久。

老婆穿上它特别漂亮。从店里出来的时候，久违的午后阳光照在老婆的脸上，这个不到 18 岁就跟我在一起的女孩，是这样漂亮，就如我第一次见到她的时候一样。

从未改变，越发迷人。

晚上，餐厅人很多，爆满。我和老婆坐在一个靠窗的位置，窗外就是市中心的广场，不远处就有一个漂亮的旋转木马。华灯初上的夜晚，幸福的孩子们在木马旁边欢快地跑着，音乐弥漫四周。

我突然想，有个孩子该多好。

套餐我已经选好了，因为过圣诞节，所有的套餐都从 49 欧元起价。这并没有破坏我们的兴致。

我点了蜗牛和牛排，老婆点了鹅肝和烤鱼。每人要了一杯红酒，学着旁边法国人的样子晃来晃去。

旁边的法国人好奇地问我们是不是日本人,我说:"我们来自中国。"

他们对中国这个美丽的国家都很好奇。

第一次坐在这样的高级餐厅里吃饭,我和老婆都有着强烈的自豪感。

出国快一年了,我们都有了很大的成长,对人生也有了很好的规划。

吃饭的时间超长,因为从性价比的角度来说,我很希望能在餐厅里待久一些。

我们相互喂着蜗牛、鹅肝、牛排、烤鱼,伴随着在杯中晃来晃去的不知品牌的法国红酒。

我们觉得,这就是爱情。

我们都无数次想象过爱情的样子,而在这一刻,我们拥有了它。

我们聊了很多。我感谢老婆一毕业,就跟我来法国。我说:"我要好好努力,不负你。"

吃饭谈话的时候,好多次我们的眼圈都是红的,但是我们都知道,在这个美好的夜晚,不能哭。

其实,那时候,我们感觉自己都还是孩子。

如果不是为了未来,为了梦想,我们肯定会留在自己的国家,留在父母的身边。

吃完饭已经到了凌晨,大街上还是人山人海,法国的圣诞节等于过年了。

餐厅离我们住的地方很远,最后一班公交车比平时结束得晚一些,但是，我们还是没有赶上。

老婆提议我们走回去，我算了一下时间，走回去的话，天都要亮了。

我又做了人生中一次重要的决定：打车回去。

那个年代，没有Uber，只有出租车。我们从来没有坐过，感觉是很贵的。

但是，在圣诞节的午夜，我还是想把这种浪漫的气氛保持下去。于是，我们就上了一辆出租车。

法国的出租车都是高档的，我们坐了一辆奔驰。车里放着优美的背景音乐，两侧的景色在窗边飞驰，真是太美了。

我和老婆不停地聊着天，憧憬着赶紧修完学分，毕业后找一份工作。

接下来，安居乐业。

正说着话，我偷瞄了一下出租车的计价器。

我惊叫了一下，说："司机先生，请停车。"

因为，计价器上的数字，竟然是96.3。

这个数字，到今天都历历在目。

太贵了，还没有到家，而我的口袋里，就只有100欧元，所以我们必须下车。

司机一个紧急刹车，在路边暂停了，问我们，有什么问题吗？

我实话实说："司机先生，我们就带了100欧元，现在已经96欧元了，所以我们还是下车吧。"

窗外就是茫茫的黑夜。

司机先生笑了，他指着我瞄准的"计价器"说："亲爱的先生，您看到的这个96.3不是钱数，这个是收音机调频数字，我们听的音乐就来自这个频道，如果你们不喜欢，我就关掉，真正的计价数字在左边，还不到 10 欧元。"

一块石头落地。

我为我的无知道歉，也希望司机先生理解，我们是学生，对价格太敏感了。

司机先生听完后，迅速关掉了调频和计价器，说："今天我免费送你们回去。"他说，他今天出来工作，不是为了赚钱，就是希望在这个美好的圣诞能够送幸福的人回家。

他说："我快退休了，我的孩子跟你们一样也在异地念书，但是幸运的是，他假期回来了，全家一起吃的圣诞晚餐，我是晚餐后出来工作一会儿，你的话让我想起了我的孩子。"

毫无预兆地，他突然哭了，说，离家在外的孩子真的不容易。

我和老婆在后排的座椅上四目相对，内心最柔软的部分也被击中了，想起了爸妈，眼泪突然止不住地流了出来。

泪水中，有幸福，有寂寞，更有远离家乡、父母、亲人的孤独。

每一个出国留学的人，都会经历这份心酸。

我们三个人，包括陌生的司机，就这样，在一个本该幸福的夜晚，哭了一路。

（其实写到这里，我突然有些冷。）

到家之后，司机先生说什么也不要钱，说他对我们的处境感同身受，希望有一天，当他的孩子在异国他乡的时候，也能被温柔对待。

我俩都和司机拥抱了一下，他留下了名字和电话，他说他叫万尚，以后有什么事情可以找他。

后来,我们也成了好朋友。

前几天我们在巴黎还一起吃过饭。

他说,现在如果乘客是外国人,他就关掉调频,因为太吓人了。

前几年他退休了,卖掉了出租车,跟太太一起周游世界。

再后来,我跟老婆说,咱们认识的两个法国朋友都姓万,看来,我们很快就会有人生的 100 万。

完美的圣诞节之夜就这样过去了。

接下来就是新年。

有了完美的圣诞节,新年我没有陪老婆过。

因为餐厅的老板说,新年之夜去加班的,工资是 120 欧元。

无法拒绝,工资太高了。

到现在我都感觉抱歉,在法国的第一个跨年夜,让老婆独守空房。

这就是生活。

圣诞新年的假期结束之后,我除了晚上在餐厅切菜之外,还在凌晨找了一个送报纸的活儿。

日子越过越好,经济也慢慢变得宽裕。

我买了人生中的第一辆车,800 欧元,一辆标致 405。

人是混圈子的,留学生亦不例外。自从有了车后,交往的圈子变了,有车一族的机会也变得更多。

在法国过完第一个圣诞节后的那个暑假,我和老婆就收拾了行囊,离开了那个生活了一年多的城市。

走的前一天晚上，万太阳夫妇和万尚夫妇来送我们。我们都喝多了，本来欢快的送别宴，气氛一下子沉重了。所有国家的人都一样，伤离别，他们怕我们忘记了这个小城，忘记了他们，都在哭。

对我们来说，他乡的温暖怎会忘记？

我们会回来的。

这不是生死离别。

但是，我还是害怕，很多的时候，对于人生，只有生死，再无离别。

远赴巴黎之后，起初的生活并没有我们想象的精彩。但是，开弓没有回头箭，咬着牙，我和老婆一路走来，开始了创业留学之旅。

直到今天，写完这段经历的时候，我还在想，作为一个独闯天下的年轻人，生活改变了我们什么。

当我们面对寒冬，面对挫折，面对那种已经很努力却还走不出来的困境时，我们应该怎么办。

现在很多人都在抱怨社会，抱怨现实，抱怨周围的一切，其实他们一直知道，抱怨无法改变一切，我们需要的应该是积极的心态：乐观、向上，感恩所经历的一切。

正能量会改变我们。

风雨中，这点痛算什么。

至少我们还有梦。

一个经常出差的男人，
后边一定有个伟大的女人

今天要回国，早上的事情就特别多。工作的事情我都不担心，我运气比较好，合作伙伴都靠谱，很多事情都比预想得顺利。我担心的是刘太太一个人怎么带三个孩子。

我和刘太太养俩娃的时候，基本上自己带，我算是自由职业者，时间空裕，俩人带娃没有感觉到累，加上岳父母每年来六个月，一起帮衬，所以没有压力。前几年日子好了，房子也大了，就找了个保姆做饭和打扫卫生，但是孩子还是我们自己管。

这次不太一样。巧了，岳父母回国看自己的老人了，我又不在，保姆看不了孩子，当然我们也不放心把孩子交给保姆。唯一的出路就是刘太太当超人。

想象中的画面一团糟，但是，在刘太太管理下，生活就像在变魔术，孩子们被管理得井井有条，没有一点鸡飞狗跳的迹象。

为什么这么说？因为，前几天我出差去了波尔多。好几天，刘太太一个人送孩子,接孩子,辅导作业,喂奶,给孩子们洗澡,有条不紊。

一个经常出差的男人,后边一定有个伟大的女人。

刘太太就是这个女人。

法国的礼拜三比较特殊,孩子们没课,大部分家长都给孩子安排了课外活动。俩宝上午学英语,下午打网球、弹钢琴。除了弹钢琴在家,其他活动都需要接送,工作量超级大。

说起课外活动,法国的孩子并不轻松。以俩宝为例,她们礼拜一跳舞,礼拜二学习瑜伽和象棋,礼拜四上中文课,礼拜六骑马,加上礼拜三的三种,每个礼拜的课外活动有七八种。

孩子的课外活动,对于父母的挑战,一个是财力,一个是精力。有娃的父母都懂,这些课外活动不是父母强加于孩子的,是孩子们自愿的,别的同学参加,孩子们攀比或者真的有兴趣,一个都不想放弃。

我曾经不止一次对俩宝说,删减一些课外活动吧。俩宝回答,这已经很节制了,一个都不能少。

这种精力,让人叹为观止。唯一折腾的就是父母,接送和辅导缺一不可。

作业我没有耐心陪伴,主要靠刘太太。想当年刘太太考上了法国最牛的法国巴黎高等商学院(HEC Paris,那是一所世界知名的 EMBA 商学院),她却在毕业之后放弃工作在家相夫教子,也算是奉献。现在我说,她这个文凭,教孩子正合适。

期待俩宝长大以后跟她妈妈一样,可以进 HEC,刘太太也算没有苦读那几年。

不过说真的,学业方面,她真是个神仙。我们都不敢想的法国高商,人家硬是考上了，还以优秀的成绩毕业，顺利就业。别的方面，她也让我非常钦佩，比如弹钢琴。刘太太没有任何基础，但是为了孩子跟着学，老师不在，孩子们练琴的时候，哪个谱弹错了，她竟然都知道。她到底是怎么知道的？

为这个事，我直接跪了。

青春快乐，生日快乐

今天是刘太太生日，从 1999 年到现在，算起来我跟她在一起快二十年了。这二十年里，她基本没有变，生了三个孩子，身材、体重都无起伏，脸上还没有啥皱纹，在我心中，算是冻龄女神了。

有人说，我好像也没变。的确是，我变化也不大。不同的是，刘太太今天像二十年前的样子；而我就厉害了，我是二十年前像今天的样子。

对我来说，刘太太不仅仅是冻龄，还会保鲜。这个话题我跟众多美女分享一下，无论你今天已为人妻还是将要为人妻，这些话或许都会关系到你未来几十年的幸福。

我接受不同的观点，以下仅仅是我主观的看法，如有雷同，欢迎；如有异议，也欢迎。

在此我罗列出夫妻关系中应该注意的细节，当然，仅供参考。

第一，不要回家就换睡衣。

我一直认为，女性的睡衣是婚姻中最让人失望的发明，有些美女在外边穿香奈儿、紧身裤，回家后第一件事就是换睡衣，还是纯棉的，松松垮垮，特别舒服。但是，你想过没有，你老公一回家，面对的就是这样毫无美感的你？你数数衣柜里有多少件在外边穿的衣服，又有多少件睡衣？

所以改掉回家就换睡衣的习惯，是一个保鲜的特技，你花那么多钱买衣服，不仅仅是给别人看的，回家给老公、孩子看看也无妨。

第二点，就是要注意在家的个人形象。起床后再忙，别忘了化个淡妆，头发每天一洗，吹得好好的，最起码在外边是什么样子，在家也是什么样子，最好比外边还美，永远保持精致。你的男人比谁都重要。最牛的女人就是能把握住自己男人的女人。如果你是家庭主妇，那就想方设法在你男人下班之前打扮得美美的，涂点淡淡的唇彩，给生活一点不一样的色泽。

以上两点是刘太太二十年的坚持，我很佩服她。

前几天我回国，她一个人照顾三个孩子，每天伺候早餐，给孩子梳头发，做发型，穿衣服，送孩子，照顾老三，然后接孩子，辅导作业，给三个孩子轮流洗澡，吃完饭，洗漱睡觉。这不仅仅需要体力，更需要完美的组织能力，每一分钟都要把握好，否则，生活一团糟。

我在国内，每天听到的，就是她最积极的反馈，让我放心，一切都在控制中，大家都很好。

这些有几个人可以做到？

最近俩宝一直问我，妈妈生日快到了，我准备了什么礼物。这点确实有点难为我，因为前几年我最虚荣的时候，该买的都给刘太太买了。这几年，我过得很佛系，加上她从来不跟我要任何奢侈品，我在首饰和包包方面没有作为。

所以，这篇文章就算是给刘太太的礼物了。多年后，回过头来看看，她老公用文字记录了跟她的一切，还有比这更浪漫更有价值的吗？

现在看来，今天的这篇文字，最起码等值于一个爱马仕的包包了，我的文字因为有了情感变得更有价值。

当然，除了刘太太，要再写一下孩子，这才是一家人。

刘太太最近心情特别郁闷，上火，嘴唇都起泡了。

原因是三宝不想喝母乳了，喜欢上奶粉了。

情况跟大宝类似，大宝生下来就对母乳不是很感兴趣，但因为是第一个孩子，我们强求着她喝了一年，刘太太感觉完成了使命：一年的母乳喂养也对得起孩子了。

不过，二宝很喜欢母乳，刘太太就一直喂到快两岁。

现在老三才四个多月，就明显抗拒母乳了：一放倒喝奶，就哭得死去活来，却很喜欢吃奶粉。

刘太太郁闷，一是三宝不喝奶了，她有失落感。这个做过妈妈的人应该都懂；更为重要的是，刘太太感觉对不起三宝，怎么着，也希望她能喝上一年。

我安慰刘太太说："三宝爱你，所以想提前解放你，就喂这四个月，也可以了。"

刘太太回了一句："你懂个啥？！"

我给三宝起名叫"刘傲娇"是有心理预期的，就是希望她作一点，难养一点，多让我们操点心。

事与愿违。

老三成了一个天使宝宝，一点都不闹，乖得一塌糊涂，晚上七点就睡觉，夜里醒一次，一直睡到第二天早上。白天始终笑嘻嘻的，开心得像一朵花。

自从加了辅食，她白天的睡觉、吃饭更有规律了。睡觉不用谁陪，困了抱到床上自己就睡了；醒了从来不哭，一个人玩，无聊了就叫我们，大人一到，激动得手舞足蹈。

乖的。

三个孩子，三个不同的模式。最难养的就是大宝，那个时候不懂，按照书本养，生下来就一个人一张床，哭的时候也不抱，想给她培养出好习惯。结果是，因为从小自己一个房间睡觉，安全感完全缺失，虽然接受了独立空间，但是经常半夜醒来找爸妈。这种情况一直持续到六岁。曾经有一年，每天晚上起来两次找我们，弄得所有人都睡不好，所有的措施都试过了，改善不大。后来我觉着这样也不是办法，就干脆让她跟我睡，一直睡了三个月。这三个月我每天都陪她，她半夜醒来发现爸爸在身边，就继续睡。三个月之后，大宝自己提出来再回自己的房间，并说晚上不再害怕了。说来也怪，从那天开始，她就睡整觉了。

二宝因为更黏妈妈，直接就一起睡到两岁，她的安全感就很强了。大约两岁时，二宝主动提出来要跟姐姐一样睡自己的床，然后一次性分离成功，睡觉没有出现过任何问题。

有了俩宝的经验，刚刚出生的三宝，待遇进一步提高。不是要安全感吗？那就天天抱着，刚出生的那一个月，白天睡觉放下就哭。我就说，既然哭，那就干脆抱着睡，所有的大人轮流抱着，整整抱了一个月。一个月之后，三宝发现，抱着睡觉不如躺在床上舒服，于是就过渡到自己在床上睡觉了。

到今天为止，三宝的睡眠是最轻松的，困了放到床上自己就睡了。

很多人问我，怎么养孩子，我都很难回答，世界上有多少孩子就有多少种方法，没有统一的方案。网络上大部分自诩为教育专家的人都没有生过孩子，如果有孩子，谁都成不了专家，因为这个系统工程太复杂，有些事情无解，只能走一步看一步。

真好，写到这里，正好俩宝起床了，大宝嗲得很，过来搂着我的脖子撒娇，说："爸爸，一个晚上没有见，好想你啊……"

我被这俩孩子哄得五迷三道的。

心甘情愿。

我觉着你们的感觉也跟我一样吧。

最后，感恩你们一直跟随我，做我的粉丝，请允许我邀请你们，对最美的刘太太说一声：

青春快乐，生日快乐！

早安，每一天。

把美的本色留给彼此

刘太太就是我的整个青春。

虽然我没有法国大文豪雨果那么浪漫,每天给太太写一封情书,但我最起码做到了在日记中不停地展现对她的爱。

有人或许会说,你就爱演。

我想说,即使我是演的,如果能够心甘情愿地演一辈子,也就是真的了。

在婚姻关系里,最可怕的是,夫妻之间太本色了,演都懒得演,对自己的爱人毫不客气,经常挖苦讽刺,甚至冷眼相待,我拒绝这种组合。

夫妻关系要好,最重要的就是要做一对好演员。

我每次回家,电梯从1楼到5楼,35秒。面对着镜子,我整理衣冠,调节表情,甚至擦擦皮鞋上的灰尘,就为了在刘太太或者孩子们开门的一瞬间,有一个特别饱满的、激情的、开心的状态。

刘太太也是，每次我问："带一天孩子，辛苦吗？"她总是回答："有啥辛苦的，很开心。"

剔除掉最不开心的元素，把美的本色留给彼此，这就是最好的演员，也会衍生出最好的夫妻关系。

很多人要我多写写孩子的教育问题。

其实，孩子不用刻意教育，夫妻关系好的家庭，孩子一般都错不了。孩子身上的大部分问题，都能在原生家庭里找到原因。对孩子的成长来说，最重要的不是亲子关系，而是父母的夫妻关系。

家庭是座房子，父母的关系就是一面镜子，孩子们的成长得益于温暖的房子，而看清自己、整理衣冠却依赖这面镜子。

我不喜欢一种男人，就是在外面是猫、回家里是虎的那种。窝里横，在外边受的气，回家里发。我也不喜欢一种女人，就是回家就发牢骚，抱怨琐事，没有温情的那种。

前几天我看了向太太在向华强先生七十大寿时的感言，她说，她照顾了向先生三十八年，她希望再去照顾他三十八年。

这种感情容易让人落泪。

我还看了向太太和向佐参与的真人秀节目《最美的时光》，在节目中向太太讲述了自己的人生经历，辛酸的故事让很多人唏嘘不已……

六岁时，她不幸患上白血症，每天全身插满管子，连地都下不了，幸而骨髓配型成功，才捡回一条命。上学时她表现乖巧，总考第一名，只是每次拿奖状回家都见不到妈妈，因为妈妈嗜赌如命。十八岁刚刚考上大学，就被输光钱财的妈妈卖到歌舞厅抵债，还让爸爸下跪求她同意。她一度选择自杀来逃避，幸亏被抢救过来。

经历过一次生死的向太太，也是将这一次当作人生的涅槃，一瞬间大彻大悟：从此她什么都不会怕了。

很多人难以想象、难以相信，家庭幸福、儿子孝顺、有钱有地位的向太太，会有这么沉重的成长经历。

而当我真正见到向太太的时候，从她的洒脱、她的俏皮可爱里，却看不出过去苦难留下的影子。

历史为她导演了一部最完美的港剧，主角就是她自己。

亲眼看到他们一家三口，看着这种让人羡慕的夫妻关系和亲子关系，我感触很深。他们相互对视的眼睛里有星星，会发光放亮。

这种力量是我跟向太太交流中最大的光芒。

永远祝福他们。

今天是俩宝参加马术考试的重要日子，我因为陪远海的总裁 Duma 而不得不缺席。可喜的是，在我跟 Duma 去参观一个项目的路上，接到了大宝的电话。

大宝说："爸爸，我告诉你一个好消息，我和妹妹的马术二级考试顺利通过。"

这个结果没有辜负孩子长期的努力，她们人生的下限已经被锁定，未来可期。

说到 Duma，未来的一天我还会写写他。我们除了同事关系，也是无话不谈的朋友。中午一起吃饭的时候,我们都谈到了梦想,他的梦想是学佛,我的梦想是教书。或许几年、几十年之后,我们除了在旅游事业上的合作,还能够共同传道、授业、解惑。

娶老婆是有运气成分的

娶老婆是有运气成分的。

首先老婆自身素质要过硬，各方面条件要适合自己。但是除了老婆本人，另一个特别重要的因素就是老婆的家庭，确切地说就是老婆的父母，只有老婆好，岳父母不行，日子也很难过。

我这里说的行不行，不是经济条件，而是性格因素。

我这个说法同样适用于找老公。

婚姻可以理解为1加1等于2，也可以理解为0.5加上0.5，也就是说，每个人在婚姻中都要去掉自己的一半性格，跟配偶组成完美的1。

第二种比较现实，也更为长久。

当然，除了1加1或者0.5加0.5这两种组合以外，两个原生家庭的碰撞也是一个漫长的历练过程，是婚姻成功的保证之一。

刘太太在这方面没有让我失望，我娶了她，同时幸运地娶了一个团队过来，岳父母在我家庭生活中的地位已经超过了传统的意义，变得不可替代。

我认识刘太太的时候，她17岁，岳父母跟我现在的年龄差不多。我突然换了一个角度思考，如果现在大宝17岁，我允不允许她找男朋友，我的答案肯定是不行。在这方面我还是佩服岳父的。

在确定跟我好之前，准刘太太当时让爸爸去过一次北京，面试了一下我。具体情节我记不太清了，只记得岳父没有说啥否定意见，意思是这孩子还可以。后来，刘太太就放心地跟我交往了。

这要是换成今天的我，大宝领来一个啥都没有的男孩，就知道做梦，我肯定一巴掌过去，问大宝，你这是什么眼神？

人比人，气死人。

岳父母跟我们一起生活将近十年，每年至少六个月在一起。没有用任何的技巧，我们在这种共生关系竟然过得很舒服，这并不容易。

这是因为，我们每个人都是家庭的主人，没有不必要的见外，更没有假情假意的客气。用岳父母的话说，在家里，他们把我当儿子，把刘太太当儿媳妇。角色一变，家庭关系就变了。我自己呢，则把自己当作一个倒插门的女婿，尽量弱化自己的地位。我们家阿姨经常问我今天吃啥。我说："这些事不要问我，问爸爸妈妈就好，我就只管在外边赚钱养家，至于家怎么养，他们说了算。"

对于孩子们的教育，刘太太和我说了算，因为毕竟老人教育孩子还是落后于时代的。在这一点上，所有人都配合得很好，规矩定下来，都遵守就好了，时间长了，孩子们非常明白什么可以做，什么不可以做。

只要对孩子的态度统一了，基本上一个家庭就算国泰民安了。

昨天去了一趟中国超市，陈氏商场人山人海的，每次去都感叹，我的朋友陈老板每天得赚多少钱啊！也怪了，同样是中国超市，隔壁的巴黎士多竟然没有什么人，一片冷清。自从巴黎士多的郑总家庭发生变故后，生意真的一天不如一天了。

我去买肉了，买了60斤，称肉的时候旁边的人都在看我。没错，每年的冬天，我都买很多肉，用来腌制传统的安徽腊肉。作为安徽有名的腌制食材，腊肉在食材中有十分重要的地位和名声。要说起来，腊肉的制作过程并不复杂：新鲜猪肉先用盐腌，再暴晒，激发出猪肉的香味后风干即成。

但是每个人有每个人的口味。

全国各地的腊肉我吃了很多，安徽的腊肉也吃了不少，但是要说真正合我口味的，也只有岳父吴大厨的手艺了。相传，明代平息倭寇之乱的大功臣胡宗宪，有次去安徽问政山拜访多年未见的恩师。为款待爱徒，师母将家中腌制的腌猪肉上锅蒸制，捞起切成薄片，用来招待贵客。胡宗宪吃后，胃口大开，下令保存此秘方。

我的岳父用的就是这个方子，说是传男不传女，至于他怎么弄来的方子，至今是个谜。

所以，每年冬天我坚持请吴大厨来，有一个重要的任务就是腌肉。不过这60斤是远远不够的，我今年准备腌制150斤，跟朋友们一起分享。如果反响好，我准备明年开个厂，我做总经理，吴大厨做总监，一家人红红火火干起来，说不定可以风靡欧洲华人圈呢。

广告语写好了：吴大厨腊肉，中国好味道。中国有老干妈，法国有吴大厨，遥相呼应。

我跟福布斯的距离有多远？其实不过一块腊肉的距离。

岳父除了给我腌腊肉，还有另一个使命就是给我种菜，去年夏天，我们院子里的蔬菜几乎没有断过，各种蔬菜应有尽有，孩子们也参与其中，受了影响，俩宝曾经立志要做农民。

昨天晚上点上了壁炉，一家人围着火光谈笑风生。我弄了几个土豆，丢到炭火里。俩宝兴奋得直跺脚，迫不及待地想尝一尝。

经历了山珍海味，最原始的或许就是最好的。

他就是个滥好人

好久不见的杜鹃最近要跟老公离婚了,非要跟我这个知心大叔聊聊天。

她把我定义为情感专家。

我说:"那你来吧,反正我的原则跟大家一样,宁拆十座庙,不毁一门亲。"

不过,杜鹃跟我说坚定信心要离的时候,我还是很惊讶的,在我的印象中,杜鹃的老公冯岳是一个标准好男人。我们周围的人给他的一个标签就是热心,特别热心。无论遇到什么困难,只要跟冯岳说一声,他必到,而且速度和效率都是一流的,我们骄傲地把他备注为"救火队队长",虽然这个队伍暂时就他一个人。

他就是那个你上厕所忘记带手纸时能给你送手纸的人。

有一次跟他一同出差的同事把手机落在三百公里外的酒店里了,他知道后,连夜开车去给人拿回来了。还有一次,据说,他朋友的女朋友肚子疼,他就大义凛然地陪着去了医院。

我们看重的优点，在杜鹃眼里竟然一文不值。

"他是个滥好人。"杜鹃跟谁说这句话，眼睛都不会眨一下，"他可以当好人，但他千万不能当滥好人，这一点，冯岳改不了，也意识不到。"她补充道。

对杜鹃来说，所谓滥好人，就是不懂得拒绝他人的人。这种人费尽心思做吃力不讨好的事，忽视了自己的存在和利益，事后后悔不已，却依然我行我素地继续下去。

"刘哥，你可知道，冯岳风雨无阻地去帮助别人的时候，很多次正好也是我和孩子最需要他的时候。"杜鹃说，"去年冬天，我们家大宝发烧在医院，他接到一个朋友的电话，说是在高速上车胎爆了，让他去换胎，他二话没说，抛下老婆孩子就去了。

"回来我跟他大吵了一架，他竟然怪我没有爱心，说高速爆胎多么危险，怎么可能袖手不管？他可知道，换个胎，是个男人都会，再不行，保险公司也有互助热线，他跑这一次意义不大。在别人眼里，他就是个备胎，或者连个备胎都不是。"

类似的例子罄竹难书，用杜鹃的话说。

杜鹃总是抱怨冯岳把过多的精力，放在别人的事情上，严重拖累了自己的进步。别人的请求通常都是琐碎的，且不一定真正需要他。因为答应了，不论多难，他都得尽力去完成，务必要兑现承诺。他做自己的事情，尚且都没这么认真，却把所有的认真，交给了对他没有帮助的事情。

杜鹃说得一针见血。她说，冯岳认为，人活着就是活一个口碑、一个圈子，总是把自己放在比普通朋友更低的位置上，渐渐地会形成一种"自卑"的心理,他会很害怕自己哪一天不帮助别人了,就会被抛弃。

"这不是最致命的,"杜鹃伤心地说,"最致命的是,他人前一套,人后一套。"

用杜鹃的话说,在外边,冯岳表现得是完美男人,在家里却油瓶倒了都不扶。

我说:"不对啊,我去你们家吃饭的时候,冯岳做饭、洗碗、带孩子,样样精通啊。"

"那是你们在。外人不在的时候,他往沙发上一躺,玩手机,刷抖音,别说做家务了,孩子都不管。说在外忙了一天,好不容易回到家里,放松一下。他哪知道,我自己带一天孩子,不比在外边上班轻松。"

"实在是过够了,"杜鹃说,"我这么多年不拆穿他,就希望有一天他对我能跟对别人一样好……"

我本来想评价几句,但是听完杜鹃的陈述(吐槽)后,特别是听到最后一句话的时候,我竟然没啥可说的了。

自己妻子的要求竟然如此简单,希望老公对自己跟对"隔壁老王"一样好即可。

很惊讶。原来在我们眼里热心无比的冯岳,在他老婆的眼里却是一个毫无责任心的滥好人。

我照了一下镜子,顺便检讨了一下自己。

其实很多人身上或多或少都会有冯岳的影子,对普通朋友或者陌生人都有求必应,对待自己最亲的人的需求,却往往视而不见。

仔细想想，我们平时的坏脾气都发给了谁？配偶，孩子，父母，是否得到了公正的对待？

细思极恐。

本来想用情感专家的人设说上几句，但是杜鹃的每一段陈述都是那么的有理有据，我竟然感觉无话可说。

杜鹃最后问我的意见，这次我真的不好掺杂意见。

我想把评论的机会留给你们。你们说，杜鹃，离还是不离？

第二章

大人讲逻辑，孩子讲脾气

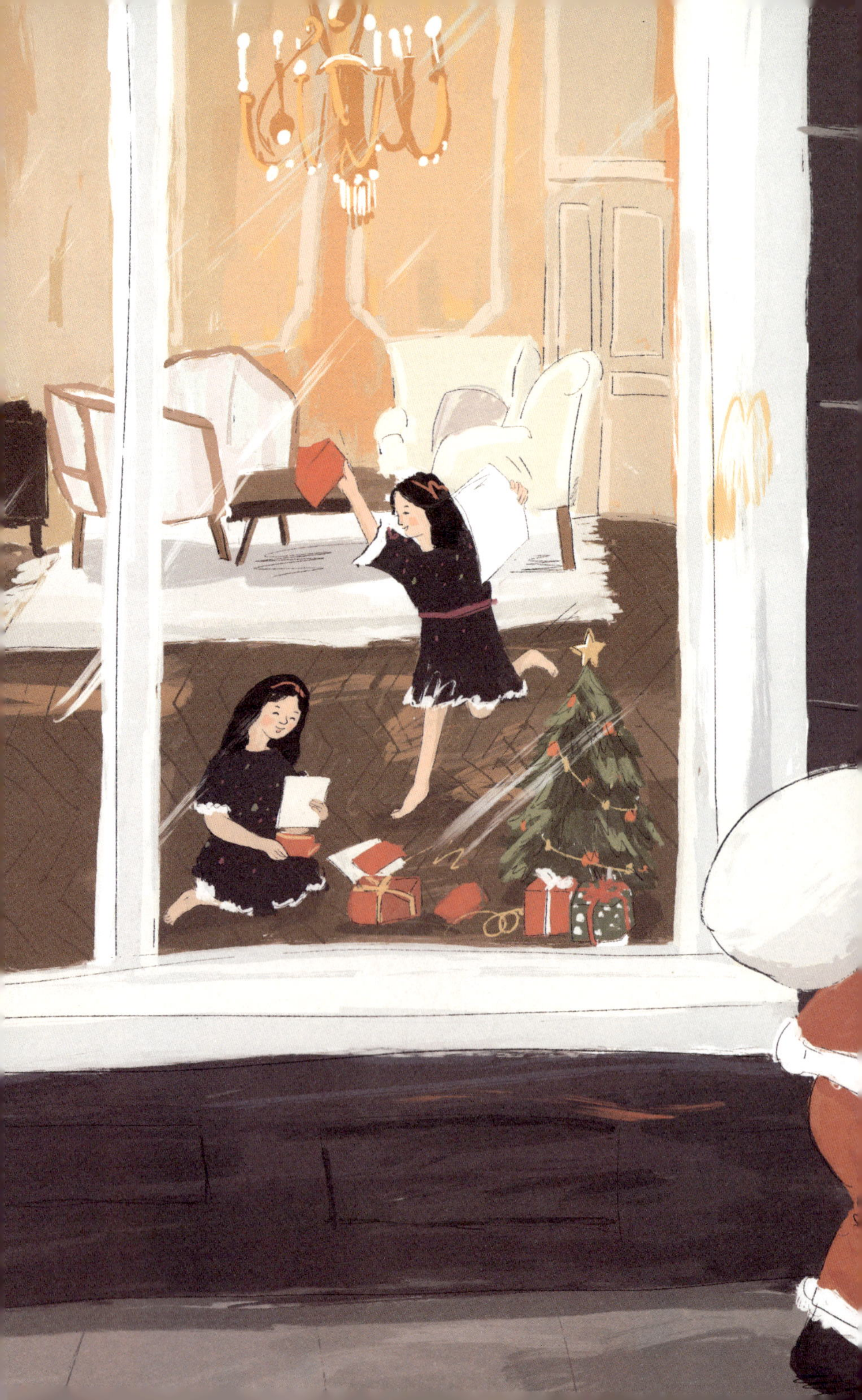

珊瑚会

晚上去接孩子，大宝的班主任突然找我，说要跟我聊聊，我窃喜，估计孩子最近表现突出，家长跟着沾光了。

然而，并不是。

班主任告诉我，大宝在学校里成立了一个 club（俱乐部），取名为珊瑚会，并广泛发展会员，每个会员都有代号，伙伴一叫西红柿，伙伴二叫石榴……每人一张卡，有自己的代号密码，她给自己命名为珊瑚，统领全局。

老师先是肯定了她的创意，说是一个从未有过的好主意，但是，这里边有个大问题，就是班里出现了两个不同的组织。

一个组织是官方的班级，由很多人选举的班长领导；另一个组织就是大宝的，民间的，她拉了张虎皮做了山大王。因为班里有一半的同学被发展入会，班长的权威被挑战得荡然无存，队伍不好带了。

还有一个关键是，她发展的不仅仅是自己班里的学生，还有高年级的，妹妹二宝的班里也有好几个，队伍越来越大。

因为这个组织是个新生事物，会员们异常兴奋，竟然空前团结，眼看着非官方的在野组织，就要呈现"星星之火可以燎原"的趋势。

班主任很担心，一是觉着大宝的学习会被影响，二是这样班级里就出现了对立。昨天甚至有个家长投诉，说他的孩子本来加入了珊瑚会，因为意见不同被开除了，回家向他告状了。

事情重大，而我一无所知。

最近我早出晚归，对孩子的动向不明确，俩宝经常放学做完作业后在学习室里叽叽喳喳的，我也没有多问。

唯一可疑的就是大宝最近跟我要了一副扑克牌，每张牌的背面贴了不同的贴画，有的是西红柿，有的是花生，还拿去塑封了。我以为她只是拿着玩，没有想到，她是在做会员卡。

每人一张，总共54人。

她是那张大王，背后贴的珊瑚。

今天回家，作业我也不让她做了，紧急谈心。

聊了不到一个小时，来龙去脉弄明白了。大宝说，之所以这样做，是因为在前几天的班级选举中，她落选了，一票之差。一心想当官的她说，既然选不上，自己搞一个 club，一样可以搞事情。

我哭笑不得。

这个创意，我不得不说，很牛，至少我小时候没有这个意识这么干，现在的孩子，至少在思想上我已经把握不住了。

我没有批评她，反而给了她几个建议：

第一，会员不要再发展了，现在手里还有 23 张扑克牌，就留着，保证有 30 个会员就好了，万一有退出的，再补上。

第二，珊瑚会在正常的上课期间不要组织活动了，课外可以组织一些互动，不要跟现有的班长体制叫板，官方的就是官方的，尽量别挑战权威。

第三，明天上学，把我对你的建议跟老师说明白。

大宝表示接受。

转眼大宝八岁了，上了小学三年级，不仅会打酱油，独自去超市买菜，跟着姥爷姥姥去做翻译都没有问题。

感觉孩子一夜之间长大了。

前几天大宝在操办二宝的生日会。二宝生在 8 月份，在假期中，不好请小朋友来捧场，所以生日会只能延期，这次两个人决定 10 月初给二宝庆祝生日。

以前都是家长张罗，这次，俩宝早就策划好了。

首先，把要买的东西给我们列了个单子，邀请函卡片、蛋糕样式、气球和伴手礼数量，都写得明明白白。

其次，生日会的主题也是她们定的，还要求我们帮忙请个魔术师来。这次生日会命名为"小公主化妆魔术舞会"。

第三就是流程：怎么开场，怎么玩游戏……设计得非常完美。

要邀请什么人，也是两个人商量的，最后拟出了一个 14 人名单，全部手写在邀请卡上，地点、时间、服装要求、联系电话，非常全面。

我很欣慰，也很慌。欣慰的是，到今天，才感觉到孩子真的大了，很多事情自己都可以组织了；慌的原因是，我们做父母的，在很多事情上已经不被需要了。

而且，更让我难以接受的是，她才八岁，独立得太早了。

有了老三之后，我和刘太太还挺担心的，怕精力过多地放在老三身上，俩姐姐有缺失感。事实证明我们想多了。

做了姐姐的大宝、二宝，在时间的陪伴和爱的传递过程中，给老三开了绿灯，除了必要的家庭作业要我们陪，其他的事情几乎全部是自己搞定。

对俩娃的培养，我认为最成功之处就是她们的作息规律。她们每天晚上 8 点准时睡觉，早上 7 点 15 分准时起床，这么多年从未变过，不用讲故事，也不用陪睡，到时间，回到房间，一觉到天亮。

老三在这个氛围的影响下，也做了听话宝宝，晚上 7 点多喝奶、睡觉，第一觉到了凌晨 4 点或者 5 点，然后喝完奶后，睡到 8 点，超级省心。

这是三个天使，落入了凡间。

温暖。

二宝的改变

二宝最近社交活动频繁。

性格改变也很大，这得益于我们的引导。

二宝生下来，只对她姐姐比较强势，在家是老虎，在外是绵羊，说话小心翼翼的，不大胆。不像大宝，谁都敢惹，遇到危机也有解决方案。二宝不行，出去的时候靠姐姐，在家的时候折腾姐姐。大宝有时候很后悔做姐姐，跟我抱怨，为啥她总是得让着二宝。

我说："那我跟妈妈再生一次，把你生成妹妹，妹妹生成姐姐。"她又不愿意，说晚生出来两年，也不合算。

刘太太抱怨二宝的性格不是很强势的原因在于我的参与少了，她觉着我对大宝的成长过程参与多，所以大宝在性格上跟我类似，二宝跟我独处的时间少，没有树立好性格的榜样，在外有点弱势。

我说："性格弱势的孩子也很好，这个社会，像我这样的性格，其实是不会被周围的人很快接受的。"

我喜欢展示锋芒，咄咄逼人，很多人不认可，特别是在青少年阶段，遇到的批评会很多，心理上其实很煎熬的。我的中学时代，除了学习还可以，其他方面经常被老师否定，所以养成了"做什么都想去证明"的个性，甚至有时候我说认识一个人，为了表明真的认识，就把聊天记录让别人看一眼，这样其实是不自信的表现，究其原因就是外表的自强掩盖着内心的自卑。

不过近几年我好多了，牛皮吹得少了，说话更加接近事实了，内心的自信也就来了，也不用着急去证明什么了，反而获得的信任更多，开始进入良性循环。

二宝性格的改变从几个事情上可以看出。第一个是老师的评价，说二宝话多了，跟同学的互动也多了；第二个是，班里几乎所有同学的生日聚会都会请她，群众基础很好；第三个就是喜欢分享了。

以前的二宝，什么东西都是自己的，别人不能动。我和刘太太最怕动她东西，她真的很在乎，不过最近好了。前几天我给她买了个画册，就是那种可以涂色的，她拿到学校里去了。放学的时候我去接她，她要求再去买几本，因为班里的同学都超级喜欢，这一册都分完了，她还想分享。

我说："你还想买几本？""要不就再买 6 本吧。"她说，"最近同学都围着我，希望我能够分个插页给他们，既然这样，爸爸你干脆多买点。"

8 欧元一本，我买了 6 本，今天一大早二宝就背着去学校了，特别开心。

有时候小孩的社交需要一个媒介，比如组织一次活动，买一些好玩的东西，在交往中就会有社交锻炼。

小孩子的世界我们不要参与太多，比如有时候孩子回来裤子都破了，膝盖都流血了，我一般不问，她们自己会解决的。遇到强者被打了，打就打了，后边她们会避开类似的挑战，干不过别人就暂时躲得远远的，当然如果势均力敌可以拼一下，我也是鼓励的。

我从来就教育孩子，要打有把握的仗，要提前评估，如果失败的可能性大，就缓一缓，但是如果开战，一定要全力以赴。到目前为止，俩宝在学校里基本上是不吃亏的人。当然，学校里秩序非常好，也不存在校园欺凌。

我不建议对孩子进行开放式教育。有些所谓的专家说，要多听孩子的意见。但是孩子对这个世界的认知还是受限的，家长务必要适当干预。我们家里的家教非常严格，每天的规律性特别强：放学后回家洗手，做作业，雷打不动，晚上8点睡觉从没有改过，到点了自己去睡，不用跟父母讨价还价。一个礼拜只能看一次电视，每次45分钟，禁用手机等电子产品，她们唯一了解世界的渠道就是我们订的儿童报纸。

所以读书就变成了她们的刚需。

我每个礼拜都要给她们开会，很隆重。会议要有仪式感。如果正好有朋友在，我就会邀请朋友一起参加。会议主题是表扬，找她们的闪光点，比如：相互谦让、相互帮忙、帮爸妈做家务、照顾妹妹等，反正是通过具体的例子来发扬光大。孩子们听了很受用，无论信心还是安全感都是爆棚的。我家的孩子几乎还没有遇到逆反期，我觉得这跟我们的引导有很大的关系。

又是一年圣诞季,今天孩子们穿着红色上衣、白色裤子去上学了,一年也就今天可以不穿校服。下午放学后有学校组织的圣诞市场,我当然不能缺席。

事实上,孩子们的重要活动我们几乎都没有缺席过。

人生最美的就是,遇见她们,或者遇见你的时候,我们都还年轻,以后的路还很长。

想想就美好。

教育孩子是个大课题

在上班的时候我是没有时间写日记的,工作节奏非常快,一个一个的会议,一桩一桩的事情,忙的时候,午饭都忘记吃了,真忘了。

白天必须高效工作才能跟计划匹配,才能保证准时下班去接孩子。接送孩子是个技术活。因为孩子们只有这个时间跟我的交流是最纯粹的。早上送的时候,孩子们会跟我说这一天的计划;晚上接的时候,孩子们会跟我说这一天的过程。这是互动的黄金时刻。

俩宝的个性不同,对我的态度也不一样。大宝就是一团火,跟我类似,急得不行,要做的事情必须马上做,不能等,比如,想要的东西,马上就要去买,感觉过了这个村就没有这个店了。二宝相对温和,内心敏感,藏得住自己的小心思,也能守得住秘密。朋友不是很多,但是有几个铁杆。

鉴于不同的特点,我和刘太太对俩娃的态度也不太一样。大宝批评的不少,因为对她来说,批评过去了就过去了,不会有后续反弹。二宝就不同,我们尽量不说她,因为她会想很多,批评一下就可能在意一天，跟她交流，分寸要把握好。

令人欣慰的是，到现在，俩孩子的成长轨迹非常切合我们的期待，心中也很有爱。

教育孩子是个大课题，因为每个孩子都是独一无二的，谁都没有可以学习的例子，更没有可以照搬的方式、方法。我个人强烈反对跟着书本、跟着专家养孩子，有些道理听听就好了，跟自己的孩子对标，就非常的教条，效果自然就不理想。

对孩子的教育有一个必要条件，就是陪伴和关注。孩子们天生缺乏安全感，这种安全感的建立，就如建罗马城，不是三天打鱼两天晒网就可以的，孩子们的心理需求大于他们想要得到的一切物质，而关注和陪伴就能很好地帮助孩子们在家里、校内乃至社会上快速建立自己的心理系统，做到"随行就市"。

这方面，我和刘太太算是榜样，虽然我并不能保证教育出来的三个孩子多么优秀，但是最起码，她们心理上的缺失不会多。长大之后，她们会感知到爸爸妈妈真诚的爱。

试想，多年后的某一天，三个孩子看到爸爸写的日记，看到奋斗的力量，看到满满的爱，看到我和她们妈妈的亲密关系，她们会怎么反应？这种满足和自豪可以陪伴她们一生，这也是我写日记的另一个原因所在。

人离开这个世界，有三个阶段：第一个是物理的离开，我们没有了呼吸心跳；第二个是肉体的离开，我们的身体化成了尘埃，没有了一丝痕迹；第三个是你真的被所有的人遗忘，也就是说最后一个可以记起你的人也去世了。

到此为止，这个世界真的与我们无关了。

普通人的轨迹只有这一条路。但在社会上，很多先辈们却被我们永远记住了，他们的文字，他们的成果，他们对人类历史的贡献，会永远被我们铭记。

在这个层面上说，他们是永远活在了这个世界上，永远也不会消失。

我注定成不了那样的人，但是，努力往前走的意义，不就在于将来我们会被记忆得更久一些吗？

我有一个理想，就是我的孩子们长大后可以读懂我的文章，可以看到爸爸妈妈每一天的生活，而我这个充满着理想、激情和努力奋斗的老爸，会在某一天孩子们遇到挫折的时候，给她们加加油，鼓鼓劲。

我是一个乐观的人，生活中好像没有特别让我伤心的事。无论是事业还是生活，都像是在打游戏，我充满了战斗力，打败了一个又一个怪兽，站在更高更远的山上，拥抱着可以预见的更美妙的未来。

不是吗？！

大人讲逻辑，孩子讲脾气

我坐在沙发上的时候，二宝喜欢骑在我的肩膀上。

今天骑的时候，她突然说："爸爸，你有很多白头发啦。"

我说："正常的，有了孩子的人白头发就会增多。"

二宝问："为啥？"

我说："因为你和姐姐每做错一件事情，我就会多一根白头发，最近你们越来越难管了，所以爸爸的白头发就多了起来。"

二宝心地善良，听我这么一说，觉着对不住我，就一边看我的白头发一边道歉，并问："爸爸，你知道你的白头发哪根是因为我长的，哪根是因为姐姐长的吗？我俩谁给你的白头发多一点呢？"二宝比较好奇，问题也比较多。

我敷衍着说："一半一半吧。"

然后二宝就在我头上数，1、2、3……她数得很认真，还说："我要看看最近做错了多少事情。"

正数着，大宝来了，问："二宝，你在干嘛？"二宝就把我的话跟大宝解释了一下，并强调，依据她的经验判断，这些白头发大部分是因为姐姐长的。

姐姐好像心思没有在我的头发上，也没有反驳妹妹，反而问了我一个问题：为啥奶奶的头发全白了？并质问我小时候都做了些啥。

我竟然无言以对……

孩子大了，有些套路明显不行了，一不留神套路不好，等于给自己挖了个坑。

我和刘太太有时候也威胁她们，严肃地说："你们俩最近不乖，打算把你们扔了，再去捡一个回来。"

二宝说："建议扔了就不要再捡了。"

我说："为啥？"

她说："你捡的孩子也是别的爸爸扔的，也不会乖的，乖的孩子谁舍得扔呢？"

呵呵，对方辩友可真的不容易糊弄。

小小年纪不得了。

今天下班回家，我没有按门铃，怕把三宝吵醒，直接敲的门。

二宝跑过来开门。

按照惯例，一顿验证，最后确定是我，开了门。

我们家的门是反锁的，开门的时候需要从里边把钥匙拧两圈，平时孩子们不会，但是这次二宝做到了，顺利开了门。

我表扬了她，说："二宝，你竟然会转钥匙开门了。"

二宝斜视了我一眼，说："爸布耐（爸爸的昵称），你不要以为你不会的事情，别人也不会。我长大了好不好？"

好吧，你大了，你牛。

有时候跟孩子们辩论，大人喜欢讲逻辑，俩宝却不行，她们讲脾气。

所以现在，我有时候要求她们，她们也会要求我。而且，如果我要求她们做的我自己做不到，她们还会提醒我。

比如，吃饭的时候，我要求她们坐姿端正，做个小公主，她们一般是照做。但我有时候比较粗放，坐姿五花八门，这时候大宝就会斜着眼看我，说："爸，你还教育我们呢，你就不能好好坐着吃饭？"

我被说得一脸蒙圈。

现在，我要求她们的时候，得先想想我是否能做到，如果做不到，就不去要求她们了，因为经常会自讨没趣，没有任何教育效果。

在这方面，刘太太做得非常好，对孩子们提的所有要求，她都先做到。到目前为止，妈妈的威信比爸爸高不少。

按照俩宝给我们家做的总排名，我目前暂居倒数第一，当然也是因为平时我跟她们打成一片了，她们杀熟。刘太太在家不像我，她玩得比较高雅，女神范儿，俩宝都敬着她。

俩宝最近关系很好，一个原因是姐姐高风亮节，对妹妹关爱有加；另一个原因是妹妹大了，也算乖巧懂事，基本上相安无事。

但是，有时候人民内部矛盾也比较激烈。

前几天，三宝发烧去医生那里检查身体，顺便给俩大的量了量身高，不知道是不是因为没有量准，医生宣布二宝比大宝要高一厘米。

大宝知道有一天这个结果会来临,但是没有想到来得这么快,听完后,她踹了妹妹一脚,一句话没说就走了。

她在生闷气。

在路上我就开解她:"你随爸爸多一些,所以,个子矮也是正常的,其实爸爸要告诉你一个秘密,就是个子矮的人往往很厉害。"

对这个年龄的孩子,有些话已经不太管用了,但是对爸爸的这些安慰她还是非常相信的,也不断地说,个子没有必要太高了,她又不想做模特,并强调,妹妹个子高也做不了模特。

我说:"是的,你们都好好学习知识,外表长得啥样,其实不重要。"

不过,孩子的身高还是很尴尬。二宝将来的身高,医生的估计是一米七五,大宝估计是一米六三,三宝个子也不会矮。这么看来,大宝压力的确不小。

过两年,孩子们走出去,哪个是老大就要被重新定义了。

二宝因为个头大的原因,其实吃了很多亏。因为这两个孩子身高差别不大,我们在去教育她们的时候,基本上是无差别对待,也就是说对大宝的要求,二宝也要做到。这一点,对二宝尤其难,毕竟她比姐姐小了将近两岁。

现在三宝还小,不能参与到俩宝的"宫斗"中,我常常在想,三年之后一千零一夜写完了,我是否再开一个"吉祥三宝"系列呢,用一个老爸的视角,描述一下三个女儿一台戏的故事。

不过也别想的太多,万一再有个老四呢。

小孩子分蛋糕

为了保证俩宝的牙齿健康,刘太太严格控制了她们的甜食。但是喜欢糖又是孩子们的天性,所以有时候去超市,为了表达一下父爱,我就偷偷地给她们买几块,嘱咐她们路上吃完,但是见到刘太太必须要表现得跟没事儿人一样。

孩子们感觉很开心,既吃了糖,又没有被妈妈发现,有点暗爽。

回到家,面对刘太太,我们三个人对视一笑,心照不宣。

家里的规矩是刘太太定的,非常严格,比如看电视,每个礼拜按照规定就只能一次,不能超过一个小时。手机不但不能看,碰一下就要被批评。我们大人也被约束,不能在孩子们面前看娱乐节目,但是可以用手机工作。

一来二去,孩子们也就不去想看电视的事情了,注意力自然就放到读书或者做手工上了。

但是,有些规定在一些特殊的日子里会被放宽。

前几天刘太太生日，为了庆祝，就买了一小块蛋糕，是孩子们喜欢的草莓口味，等她们放学后切开，一起分享。

鉴于蛋糕的奶油和糖分很高，吃多了并不好，刘太太就要了四人份，家里八口人，每个人可以分的不多，俩宝目测了一下，就觉着不够吃。孩子们跟大人一样，大部分时候都是眼大肚皮小，都想要个大的，但实际上，即使是小份也不一定能吃完。

大宝提出由她来分配。

大宝一提要主导，人家二宝就不愿意了，说，她也想分（切），两个人因为分配权问题争执不休。

我说："你们先不要争，我有个规则，负责切蛋糕的人，要把蛋糕切成八块，但是要记住，谁切的，谁就得最后一个去拿。也就是说，等所有人都拿完了，切蛋糕的人才可以拿自己的，等于要拿剩下的最后一块。"

我讲得非常明白。

两人一听，这个规则跟她们想的有点不太一样，原来她们认为，谁负责切，谁就能先拿块大的，现在好了，切蛋糕的人竟然没有任何优势。

两人说："那我们不切了，我们先拿。"

我说："不行，你们俩必须有一个人负责切，话都说出来了，哪能再退回去？"

二宝主动说："姐姐先提出来的要切，我把机会让给姐姐，姐姐你来切吧，你大。"

大宝也觉着既然自己主动要求切了，妹妹也说自己年龄大，再去推辞也不大好,就说:"行,我来切。"

二宝开心了,在一边唱着歌,等着姐姐切块大的,她先拿……

大宝非常聪明,知道既然自己掌握了分配权,那么,最好的,也是对所有人包括对她自己最公平的方式,就是八份蛋糕切得一模一样。

谁都占不了便宜,即使她最后拿,也不会吃亏,因为大小一样。

她就是这么做的。

二宝也没有失望,眼瞅着八块一样大的蛋糕,情商也很高的她就说:"你们大人先拿,我和姐姐最后拿……"

从小孩子分蛋糕的故事,我想到了延伸的意义。

在这个社会上,如果制定规则的人是最后一个受益者,这个社会就公平了。

规则制定者为了保证自己最后参加分配时的公平公正,拼了命也会把规则制定得公平,否则,好的那块蛋糕永远是自己的。

通过这个事情,俩宝至少明白了一点,每个人其实都有自己的小算盘。要求孩子们克服多吃多占的心理,或者教会她们孔融让梨,都是违反孩子天性的,不可取,但如果我们巧妙地利用她们的小算盘,或者说用她们的小智慧去解决,事情就变得非常有趣了。

说大一点,我们可以用自私的人性来制约自私,这就是利用人性来解决问题。

这个故事,其实还有一个启示,就是解决问题的方案固然重要,但更重要的是要有协商的机制,要有平等的氛围。俩宝在这方面是做得非常好的。我经常说的话,就是"有事情好好商量",有了商量这个基础,任何方案都可以提出来,甚至即使不太公平,各方面也都可以接受。

分蛋糕简单,可以做到量化公平,但是大部分事情的复杂性,都远远超越了分蛋糕。

但是,无论如何,去探索、去尝试、去完善,最终一定能找到最佳解决方案。

俩宝的家长会

下班回家后,刘太太只要说"咱们闺女"怎样,我就知道孩子们在家里表现还可以,如果说"你闺女"怎样,我就知道孩子们犯错误了,比如说,没有好好练习弹钢琴。

不过,最近俩宝表现还可以,刘太太基本上处于跟我共享闺女的状态。

今天早上出门的时候,刘太太还嘱咐我,要我准时下班,因为今天晚上俩宝家长会,我必须去。

我其实挺喜欢家长会的,因为每次家长会就等于给自己照镜子。

家长可以从学校的会议中了解到孩子们的表现,说是会议,其实就是把家长的心血过过秤,看看几斤几两。理论上,除了孩子们的天赋,家长的付出可以直接反映在孩子们的成绩上。

从无例外。

法国的一个学年有三个学期,每个学期家长都要坐在自己孩子的位置上,感受一下重回校园的骄傲或者失败。

这种不同的感受是孩子们对家长的回馈。

今天晚上学校把大宝和二宝的家长会安排在了同一时间,大宝的意思是三年级更重要,就让刘太太去参加,说怕我听不懂,我被分配到二宝的班级,当了个一年级的小学生。

二宝的班主任曾经是大宝的班主任,我们平时沟通交流挺多的,比较熟悉,她对二宝的学习非常满意,每次都是高度表扬。

每次开家长会的时候刘太太都嘱咐我,一定要穿得好好的,头发梳一下,胡子刮一下,精神点,最好穿件白衬衣。因为这个原因,我每次出席家长会都精神抖擞。

二宝班里有25个人,晚上出席的有24人,一个人缺席,一个人迟到。大部分家长都是相当重视,穿着也非常讲究,无论个子有多高,都规规矩矩地坐在孩子们的座位上。

二宝运气比较好,坐在了第二排最中间,也就是通常说的C位,二宝为了欢迎我,用法语给我留了一个小纸条,大体意思是:

> 亲爱的爸爸,晚上好,欢迎重新做一个小学生,希望你能够跟我一样好好听课,我给你一个最温暖的拥抱。

在纸条上她画了几个星星,五颜六色的,很漂亮。
我看了之后,感觉很温暖,她的字体隽秀有力,非常工整。

今天老师的开场白跟以前都不一样。

以前都是先表扬。

而今天,她首先对班里的孩子提出了批评,说她从教三十年从未遇到过的校园暴力竟然在这个班级出现了,震惊了整个校园。她说一个孩子对另一个孩子进行了身体伤害,虽然没有造成严重后果,但是事情本身完全不能让人接受。

她批评了这个孩子的家长,希望家长在教育孩子时,学会过滤,避免孩子看到新闻媒体上出现的暴力镜头,不让孩子成为有问题的那一个。并再次强调,学校对校园暴力零容忍。

被批评的家长站起来鞠躬道歉,也巧了,就是唯一一个迟到的妈妈,头发凌乱,衣服也不是很得体,一看就不是很讲究的人。

这位母亲也承认了孩子的问题,说,孩子最近睡眠不好,注意力也不行,正在约医生进行心理辅导。

除了这个孩子的暴力行为,班主任对所有的孩子都非常满意,说孩子们完成了从幼儿园到小学的完美转换,他们开始学习写字、朗读、背诵,大部分孩子都有了巨大进步。

老师给家长看了一下孩子们的国家统考测试结果,我看了二宝的,在几十门测试中,没有错的,几乎满分。我斜着眼看了隔壁的孩子,一个跟二宝一样,一个大约错了一半。

也就说,孩子们的成绩差别还是非常大的。

大宝的班级也传来了好消息,大宝的成绩就是最好的。大宝的老师征求家长对作业的看法,有些家长觉着作业太多了,抱怨每天都有考试，孩子们负担非常重。刘太太觉着不理解，跟我说，孩子作业还是太少了，大宝算是很轻松的。

今天的家长会结束后，我和刘太太都非常开心，开心的并不是俩宝成绩过得去，也不是心理上有优越感，而是觉着我们俩最近的辛苦没有白费，孩子在我们可控的轨道上平稳前行。

还有一个多月，大宝将开启人生第一次独自旅行，她们的班级将离开巴黎去大西洋的一个岛上封闭式生活一个礼拜，孩子们不准带手机，不准带定位手表，不准带相机，完全跟父母隔离。

这次活动的筹划得益于一位法国著名作家。这位作家要进行一本书的创作，她希望跟孩子们一起完成它。很幸运，大宝的班级被选中了。

孩子们上午创作，下午游玩，一个礼拜后，作家就会完成作品，定稿出版。

法国对孩子的教育，我觉着还是非常多样化的，私立学校里基础教育非常严格，而课外活动的组织让这些孩子有机会去看看外面的世界，留下独立生活的足迹。

期待他们的新书，同时也为孩子们感到骄傲。

给圣诞老人写信

每天我都要打扮得漂漂亮亮地去送孩子和接孩子。

有两个原因,一个是孩子们难免有攀比心,父母的车、穿着等个人形象是重点,要照顾到孩子们的心理需求。第二个,就是家长见面时要相互打量,一个得体的人更容易得到别人的尊重。

这种感觉来自于我的童年。

我懂事以后,我爹偶尔会去接我,他骑着自行车,那个时候有辆自行车也是很牛的,我家的还是"永久"牌的。但是班里的同学家长有的都开上小吉普了。

把我羡慕得啊。

我曾经幻想,会不会有一天我爹也开着吉普来接我,我爹之所以骑着自行车来,是为了锻炼我、考验我,或许他有很多车藏而不露呢。

事实证明我爹隐藏得太深了,到现在也没有把吉普车开出来。

但是现在看来,一切都不重要了。

爸妈确实是我们成长通道中最重要的基石。

我之所以现在拼命地折腾自己，就是想努力给仨宝做个好点的爹。

大宝、二宝基本没啥欲望，平常给她们啥就接着啥，还不太会花钱。我经常给她们灌输一个思想，就是爸妈的钱将来就是她们的。

让我惊讶的是，俩宝把这种继承仪式提前了，以至于我花钱，她们觉着是花的她们的钱。大宝经常心疼我花钱，意思是：爸爸，能不能节约点，留点钱给我们？去超市，希望买最便宜的东西。我偶尔给刘太太买个礼物，大宝就问："很贵吧？"

我想起很久以前我的一个朋友，他的儿子在英国留学，花钱没有节制，一个礼拜刷卡几十次，弄得他头疼。朋友想让我给孩子做做工作，改改大手大脚的习惯，省着点花钱。

有一次回北京，我碰到了这个孩子，我就把他偷偷叫到一边，给他讲了一个道理。这孩子是独生子，我对他说："你爸的钱，早晚都是你的，现在你花钱，包括你爸爸花钱，其实都是在花你的钱，你要管一下你爸爸，别让你爸爸买车啥的，也不要高消费了。"

孩子一听，恍然大悟……明白了这个道理之后，果然，我听说，他基本不咋花钱了，省得很。

所以网上有句话：花啥钱不心疼？花别人的钱不心疼！如果花自己的钱，态度就完全不一样了。

前几天接孩子，俩宝放学见到我就问："爸爸，你说真话，圣诞老人到底存不存在？"

大宝说："班里的同学都说，圣诞礼物其实不是圣诞老人给的，都是父母偷偷买来，逗孩子们开心的。"

最近就"有没有上帝""有没有圣诞老人"的问题，我一直在跟俩宝探讨，思考的高度也在不断提升。大宝还去图书馆查资料，希望更多地了解真相。

二宝提议，给圣诞老人打个电话，如果有圣诞老人，就肯定有他的电话，让我网上查一下，直接打过去问。我被逼得真的上网查了一下，没有电话，但是有个地址。

那就写信，俩宝一致同意。

我说："既然写信了，你们就把想要的礼物写上，这样圣诞节那天，他们就会送来。"

虽然还是有疑问，俩宝还是很认真地写了一封信，按照地址寄出去了，信中表明了她们这一年非常乖巧听话，希望圣诞老人可以在圣诞节那一天给她们礼物，并祝福圣诞老人永远健康幸福，信件寄往了北极的一个小村子。

这次我出差刚到家，俩宝就兴奋地拿出两封信给我看，说："爸爸，你知道吗？圣诞老人真的是存在的，他给我回信了。"

这个事情我还是很感动的，孩子们确实收到了圣诞老人的回信，信封还是手写的，正面是我们家地址，收件人是刘傲禾和刘傲曦两位小朋友，一人一封，千真万确。

后来，俩宝就把信拿到了学校，同学们都知道圣诞老人给孩子回信了，很羡慕。她们相信了圣诞老人的存在，就像触摸到了这个世界永远的美好。

大宝要出书

大宝准备出书,目标宏伟。她觉着可以通过写作赚钱盈利,这孩子从小就想着怎么做买卖。

最近我写日记的事确实影响了她,她也觉着写作非常有意思,而且表示要在我的前边实现出书的计划。

她的行动力很强。有了这个想法之后,先是跟妹妹达成了合作意向,她来写内容,妹妹来做插画,而且在封面上标明,作者刘傲禾,绘图者刘傲曦。

第一篇文章我看了,就是写一个有三个孩子的家庭。在家庭中,父亲是一个老师,母亲是一个食品店的老板,周围有很多朋友。她是以自己为原型写的,把爸妈的名字、职业改了,周围的人物关系还是她目前的大多数已经存在的朋友,非常有意思。

她跟我详细询问了出书销售的问题,说她负责内容,我要负责推广,还问了一些技术问题,尤其关注了一下出版的数量,想面向全法国发行,准备印刷200本,不敢多印,怕销售不好,赔钱。

大宝是比较心疼钱的，这一点跟二宝相反。两个人去书店或者玩具店买东西，大宝只买一个就好了，二宝不行，几乎想把店都买下来，没有啥金钱概念，也许是因为还小吧。

正好最近孩子有俩礼拜的假期，她就想在这个假期里，完成大约 100 页的文字，准备了好几个章节，包括家庭、宗教、圣诞老人等。

这些知识大部分不是在学校里学的，是看书获得的。

自从收到圣诞老人的回信后，俩宝就坚信了圣诞老人的存在，并期待他 24 号晚上从我们家壁炉进来送礼物。

为了感恩，她们也为圣诞老人准备了回礼。另外，为了安慰旅途劳累的他，她们在壁炉下边准备了点心，二宝还专门去买了胡萝卜，说是怕圣诞老人的鹿饿着。

大宝有几个疑问：圣诞老人存在多久了？圣诞老人出生前孩子的礼物是怎么到达的？万一圣诞老人去世，全世界的孩子怎么办？他会不会中文？

她把圣诞老人的地位跟耶稣画了等号，觉得他们虽然都是虚拟的，却是真实存在的。

很多人给我留言，要我多写写孩子们的教育，特别是方法教育。

怎么教育孩子，我不太敢写，因为毕竟跟所有人一样，我也是在学着做父母，摸着石头过河，没有任何经验。我对孩子的要求，就是三观必须要正确，要有道德和爱心，必须要爱家人。

所以在我的日记里，我给大家呈现的就是孩子们的一个个小故事，也就是教育后的结果，通俗点说，就是我把孩子们教育成了现在的样子。

她们热爱学习，也热爱课外活动，比如大宝，琴棋书画都会了，游泳、骑马、芭蕾、网球、瑜伽、钢琴等，可以说，样样精通。二宝紧随其后，并肩进步。

我为她们的每一天骄傲。

写每一篇日记的时候我都在想写什么、怎么写，将来这些日记，孩子们是否会看，她们看了之后有什么感想，会不会觉着这是一个有趣的爸爸，或者觉着这是一个积极的有正能量的爸爸。

现在来看，这个答案是肯定的。

一起努力吧，为了未来，为了孩子们。

家庭的规则意识越强，孩子越有安全感

在孩子面前我保持了绝对的权威。

我觉着这是立家之本。纵观历史，凡是成功的孩子基本上家教都很严，偶尔家教不严、放荡不羁的，也有成功的，但是最后父母都算是操碎了心。

在家里，孩子跟我玩的时候可以骑在我头上。但是，一旦犯错误，我眼一瞪，孩子们立马老老实实的。这个从没有例外。

一个家庭的规则意识越强，孩子们越有安全感。她们非常聪明，完全明白红线在哪儿，什么事情可以做，什么事情不可以做。

因为有自知之明，俩宝绝对不会在非周末时间提出看电视的要求，也不可能在有客人的时候衣冠不整地出现，更不可能在达不到要求的时候满地打滚。

我允许她们犯错误，前提是不能犯我不能原谅的错误。

比如说，在学校里，使用暴力、偷东西、打小报告，都不在我的原谅范围之内。

前几天我刚刚表扬大宝、二宝在学校里表现不错，今天老师就来电话了，说俩宝今天逃课了……

中文课。

为了让孩子们学习中文，经过各种努力，学校开了中文课，选修的，在午饭后到下午上课前的一个小时里。

俩宝在学校的确很辛苦，我们家长也理解。除了正常的课程之外，中午的一个小时和下午放学后的一个小时，我们给孩子报了很多选修课，就是希望孩子充分利用在校时间来多学点东西。孩子们也异常喜欢。

但是这个中文课，大宝非常抵触。

原因在于老师是个法国人，大宝觉着她水平不高，特别是发音不准，例如把"奶奶"发音为"lailai"，大宝回家学得惟妙惟肖的。我说过她几次："虚心学，发音不重要，重要的是学习规则，去认字。"

大宝一直嘀咕这个事，想退课。

老师给刘太太打过几次电话，意思是，俩宝水平高，希望可以留下来别走，毕竟俩宝如果都不来，面子上过不去。后来还让刘太太去了一趟，苦口婆心地挽留，并保证加大俩宝的作业力度。

我们的态度非常坚决，在孩子面前一致要求，别的选修课可以调，中文课不行，这个是跟根基有关的大业，岂能儿戏。

但是，课程对俩宝来说太容易了，老师照顾大多数法国初学的孩子，难度上不去。

大宝依仗着中文是母语，加上天生的号召力，在班里碾压着同学，时不时地散布一些"老师发音不准"的言论，弄得老师有点怕她，也不知道怎么教育了，眼看着这个选修课要失败。

我知道俩宝逃课后非常生气,接到电话的时候,俩宝还在家里兴高采烈地玩玻璃球,我就很严肃地说了一句:"你俩停下来,给我站好。"

我问:"知道为啥错了吗?"

二宝抢先回答,没有去上中文课,是因为姐姐说不去的,她听姐姐的。她把责任推得一干二净。

大宝说,玩着玩着忘记了,接着又说老师不行,发音不准,怕学坏了。

旧调重弹。

我没有再解释,就说,逃课不可原谅,罚站十分钟,一动不能动。

其实我也不知道如何引导,但是有一点必须明确,让孩子们感知到家长的愤怒,要对这个事情有所畏惧,再次逃课可就不是罚站了。

我后来也跟俩宝好好地交流了一下,主要是要从心里面让孩子感知到中文对她们、对父母的重要性。中国人不说中文,责任一定不在孩子而在父母。我说:"等你们长大了,如果中文讲不好,咱们都是罪人。"

几十年前来法国创业的一部分华人,在孩子的语言上吃了大亏。他们生了孩子之后,忙于生意,孩子们去了法国学校,母语法语,中文没人教。孩子们中文不行,只能听,不能说,而父母作为移民第一代,不会法语,就会中文。

所以出现了一个奇特的现象:父母和孩子们无法深度交流,因为相互听不懂。

这样的亲子关系，想想就很悲哀。

教育的基础先是语言，语言必须过关，才能去了解一个国家的文化。作为中国人，或者中国人的孩子，融入法国社会是一个基本要求，但是片面讲究融入，丢了自己的根，可就得不偿失了。

我不禁想起了童安格的那首歌：《把根留住》。

世界是公平的

大宝最近的状态特别好。

好得我都有点担心。

她每天早起看书,最近带回来的成绩单都是满分,以至于班里如果有孩子生病请假了,老师就把大宝的答题复印了发给他来补课。

她的性格依旧包容豁达,做事情有激情,喜欢阅读,活在知识的海洋里。

据我观察,她将来走上社会会成为一个"傻白甜",天真,信任所有人,觉着这个世界上一切的东西都是好的,人都是善良的。

后边对大宝的教育方向就是时不时让她知道社会的复杂,看得更深一点。如果实在改不了,老爸就要给她"盔甲"了。

最近给她补过生日会,让她请人,她把班里的所有孩子都请了,我说:"你筛选一下,以前过生日没有请你的,你也不要请了。"她竟然回答,爸爸不要这样计较。她说:"我这次请了别人,下次说不定别人也就请我了呢。"

这个胸怀我都没有。

姐姐大宝有一点无人能及，就是记忆力。这个能力我估计是天生的，法国学校要求背诵的课文并不比我们小时候的唐诗宋词少。大宝很神奇，几乎看一两遍就可以大概地背出来，而且她很有毅力，错一个字都会重新开始，按部就班地来，我的耐心没有她好。

再看二宝，人家才是赢家，小聪明得一塌糊涂，所有跟姐姐的争执中，她必须胜利。时间久了，姐姐也就认了，乖乖地听妹妹的。有些话我劝大宝不要介意，比如，妹妹总是威胁姐姐："如果这个玩具你不给我玩，我们就不做朋友了。"大宝听到这样的话就很敏感，害怕失去朋友，就妥协了。

我也经常帮大宝分析，跟她说，有些话不要当真，要学会理解当时的语境，自己去判断；有些话听听就好了，不要记在心里。

今天是礼拜三，学校没课，中午我陪大宝做数学题，就是加减法，很简单的那种。二宝听了也想参与，我对二宝说："对你太难了，你还小。"二宝说不要紧，一起玩玩。

然后我就出题，大宝在客厅，二宝在略遥远的书房。

二宝也是个天才，在所有的加减法测试中，她的回答速度和准确率竟然高于大宝，而大宝三年级，她才一年级。

大宝在这次模拟测试中被二宝彻底碾压，人都蒙了：自己三年级了，怎么还不如妹妹？她意识到自己的差距了，说，后边要努力补上，中午饭都不想吃了。

我很惊喜于二宝的进步，就去书房准备拥抱一下这个孩子，鼓励她继续努力。

令我更加"惊喜"的是,人家二宝的手里拿着一个计算器,一脸坏笑地看着我……

这就是老二,会走捷径,会耍个无关紧要的小聪明。其实她的优点也非常多,她做事情注意力非常集中,谨言慎行,观察力超越了姐姐。虽然差了两岁,但是所有的课外教育几乎都跟大宝同步,甚至有段时间,刘太太想让她跳级,追一下姐姐的进度。

每个礼拜都想写一下孩子的事,毕竟是自己的教育心得,同时也是一个记录分享的过程。

在灌输给俩宝的理念里,我一直崇尚的是对错观,也就是说,我要告诉孩子,在社会规则里,哪个是对的,哪个是错的。

孩子们有权利去做她们自己想做的,哪怕这些事情是错的。要允许她们试错。因为在生活中,对的东西不一定是对她们有利的,而错的,也有可能是她们想要的。

例如,俩宝手里有几块糖,当别的孩子希望也吃一块的时候,按照对错观念,孩子应该去分享。但权衡利弊后,孩子也可以拒绝给他。也就是说,弄懂了利弊和对错,孩子处理起问题来也就简单了。

理论上,对小孩子我们喜欢说对错,而大人自己却喜欢权衡利弊。

社会的发展要求我们与时俱进,尊重孩子并在他们需要父母的时候亲力亲为,用陪伴和以身作则当他们最好的老师,不要把自己的希望和未来寄托在他们的身上。他们是我们的孩子,却并不是我们的一切,我们做不到的,也要允许他们做不到。

但努力做到最好却是我们应该做的。

前几天公司的人事总监刘海燕跟我开工作会议，顺便聊起了孩子。她寒假期间带着孩子去美国插班游学，本来以为很轻松，没有想到拿回家的作业比国内还要多。她说，她以为外国的孩子就是玩，没想到这么累。

我跟海燕说，在外国，有钱人家的孩子上私立学校，累成狗，媒体不报道；普通老百姓的孩子上公立学校，闲成驴，无事可干，被某些人一片表扬。

其实，哪有轻松的人生？从小你家孩子就不努力，还指望着将来跨越阶层，那我可以明确告诉你们，这是不可能的。

世界是公平的，孩子从小的努力，会长远地体现在他们的未来，一分耕耘一分收获，这个世界从来没有变过。

当然，现在拼尽全力去培养孩子，并不是期望她们一定有个人人艳羡的未来，只要她们快乐健康，不对这个社会作恶和抱怨，我就心满意足了。

还有三天，著名美女鱼子酱组织的华人卡拉OK大赛就要举行了，大宝这次代表我们参加大赛，这也是她第一次登台。

她将演唱一首法语歌《风中奇缘》，我也期待她跟她爸爸一样，成长为多样化的"斜杠"美少女。

祝大家跟我一样，美梦成真。

现世安稳，岁月静好

我觉着四十岁是生孩子、养孩子的最佳年龄，无论精力和财力都可以匹配，关键是有了经验。

我和刘太太有大宝的时候，经济条件真的是愧对她，也没有经验，都是看着书本养孩子。大宝是三个孩子中最难养的一个，把我们折腾得够呛。

每天晚上的陪睡就相当艰难，平均要差不多两个小时。她的要求特别多，小的时候就不说了，两岁左右懂事了更是变本加厉，睡觉之前有各种程序，比如必须讲个故事，讲完一个不行，还会要求再讲一个。除了讲故事，还要给她跳舞，跳得不好要重跳，入睡前还必须牵着大人的手，松开就需要重新再来。

那个时候，刘太太怀着二宝，所有这些程序都是我来的，大部分时候我都有耐心，有时候也火大，觉着孩子咋这么难养。

除了睡觉困难之外，小时候的大宝还不喜欢吃饭，有时候给她喂吃的，她坚决不张嘴。后来我就想了一个办法，跟刘太太合作，她负责喂饭，我负责跳舞。大宝看我跳舞就张开嘴，开心地笑，刘太太赶紧喂一口……

就这么艰难。

二宝生下来之后，可算是有经验了，睡觉之前的程序简单了，可能也是孩子的天性不同，吃饭、睡觉都容易了很多。

更加令我们惊喜的是，有了妹妹，在吃饭方面大宝迅速改变了，因为有人抢了，什么都是香的，胃口也是很快就好了。另外，大宝看到二宝睡觉非常自觉，一段时间之后也就慢慢自己睡了。

尤其是后来，俩宝放在了一个房间生活，作息时间就更加同频了，现在养成了所有人都非常羡慕的习惯，每天晚上 8 点睡觉，第二天 7 点 20 分被叫醒，中间从来不打扰我们，一觉到天亮。

幸福来得太突然。

三宝的降临，算是真正让我们体会到了养孩子的温暖。本来，我们给三宝取了个名字叫刘傲娇，就有心理准备这个孩子难养，毕竟她集万千宠爱于一身，不傲娇都不行。

没有想到老三比老二更好养，被我誉为机器人宝宝，是自己按照程序来生活的。第一个特点就是这个孩子不怎么哭，每天笑呵呵的，楼下的邻居跟我说了好几次，都说，白天和晚上怎么都听不见孩子的哭声，感觉不到是个新生宝宝。

还有就是，她自动入睡。目前是白天三觉，上午、中午、下午各一觉。除了中午俩小时，上午和下午各一个小时，放下就睡。晚上 7:30 准时喝奶就寝，喝完奶直接一放就睡。晚上就醒一次，非常有规律。

更可喜的是，醒了从来不哭，自己玩一会儿，然后就叫几声，意思是：来人，本公主醒了。

对我们来说，这种好养的宝宝是个天使，如果将来老四也是这么乖就好了。

三宝还有一个特点就是超级喜欢爸爸，每次妈妈或者姥姥、姥爷抱着，我一伸手，三宝就张开双臂，身子倾斜过来，扑向我。如果我抱着，别人，甚至包括刘太太过来想接过去，她就一扭头，表示拒绝。

这样的结果就是我无心工作，每天都想着赶紧回家抱孩子。

两个姐姐对三宝也是相当喜欢，她们现在每天最大的奖励就是表现好的话，可以抱妹妹两分钟。周末在家的时候，两个姐姐对妹妹的作息习惯非常尊重，走路、说话跟做贼差不多，处处为家里的安静着想。

我们都很欣慰，有这么三个孩子。

记得在刘太太怀老三初期，还不知道孩子性别的时候，我就想，孩子生下来，如果是女孩，就叫刘静好，如果是男孩，就叫刘世安。

因为我特别喜欢"现世安稳，岁月静好"这个句子。

我的长期受山东文化熏陶的老爸，也直接对我说，刘世安这个名字真好啊。

生活最终赐给我了三宝，就是这个岁月静好的刘傲娇。

命运安排给我们什么，我跟刘太太都欣然地接着，而我们最大的使命就是拼尽全力，把三个孩子培养成人，培养成才。

再好的职业生涯都比不上活泼可爱的三个孩子。

感恩。

养孩子是最好的修行

孩子就是父母的镜子,孩子好,父母就好,孩子不行,父母要反思自己的教育方法。

修行不够,不要怨天尤人。

我不能理解有些年轻父母,看他们的朋友圈,每天都在健身、跑步。一问,孩子都在保姆怀里,自己宁愿健身也不愿去抱孩子,甚至孩子长期在爷爷、奶奶、外公、外婆手里,这样身体再健美有啥用?

保姆和老人都落后于这个时代了,要与时俱进,自己看孩子,孩子们才有安全感。

况且,有趣的灵魂才万里挑一。

最近有个文章很火,大体是说,要工作就陪不了孩子,陪了孩子就没有了工作。

听起来特别有道理。

无数人说,有同感,太对了。

你再反思看看。这其实是明显的洗地文，给那些没有真正努力的人找借口，提供了心理暗示和安慰。

害人不浅。

现代人类社会的发展形态，就要求我们，家庭事业兼顾，如果顾不了，只有一个原因，没有好好顾。

牺牲家庭而事业成功的例子不少。

我认为，那些成功都不值一提。

牺牲工作，保护好家庭，才是人类的价值所在，这样的人，才值得被我们尊重。

当然，那些为人类发展做出突出贡献的除外，不喜欢我这个观点的朋友也除外。咱们不抬杠，好好的。

我目前是上有老下有小。跟父母、孩子、老婆，还有保姆一起生活。

这种生活不是要过一天半天，而是要过几年、几十年。

日子要过好，需要大智慧。

稍有不慎，就有可能导致亲子关系、夫妻关系、婆媳关系（女婿和岳父母）等的冲突。

我的诀窍就是大家统一一个标准，我们这样的家庭，基本素质都很高，生活习惯，衣食住行，都不太可能有矛盾。

唯一的矛盾，就是孩子们的教育问题。也就是说，在家庭中建立良好的亲子关系，是长治久安的保证。

我们家亲子关系的灵魂和核心就是爱，没有等级观念，表达得更清楚一点，就是父母、岳父母在家里的等级不会高于我们，他们说的、做的不一定对,我们也不对孩子形成高的等级,孩子没有必要一定听长辈的。

山东人有个传统,就是孝顺。

但是,大部分人都理解错了,以为听父母的话就是孝顺,父母之命就是真理。

错。

对父母长辈真正的孝顺一定不是听话,不是唯命是从,而是,学会爱。

我已经不教小孩"孝顺"这个东西了,只要她感受到我的爱,同时也爱我就够了。

俩宝有时候不想听大人的意见,也经常跟我辩论,我说:"只要有道理,我就接受不同。"

父母跟孩子的关系,说到底也是人和人之间的关系。亲子关系也应当平等自由,没有高低之分。

这是我的坚持。

有些家长喜欢折腾孩子,拼命地给孩子报兴趣班,希望孩子成为最牛的那一个。

我曾经也是,想让孩子去最好的私立学校,面试两次,人家不要。刚开始我还失落:切,他们有眼不识泰山。

后来我才知道,跟孩子无关,人家面试的是家长,是父母不行,耽误孩子了。所以,最牛的家长不是去折腾孩子,而是在有生之年,去折腾自己。

唯有改变自己、丰富自己、提升自己,以充满爱、尊重人际界限、拥抱改变的积极姿态,来帮助孩子健康成长。

也就是说,好的亲子关系中,父母应该更在意自己在孩子面前的姿态,应该努力去成为一个充满爱与责任感的、独立且追求自我价值实现的人,成为小孩模仿的榜样,而不是一味对着孩子指手画脚,用一些自己都做不到的标准去要求小孩。

父母是孩子认识世界的第一扇窗户。

这个论断非常吓人,却是真理。

我绝对不会在孩子面前痛哭流涕地说,我这辈子都是为了你而活,你怎么还这样?

看到这里的朋友,我希望你也不要。

第三章

陪伴是这个世界最温暖的词

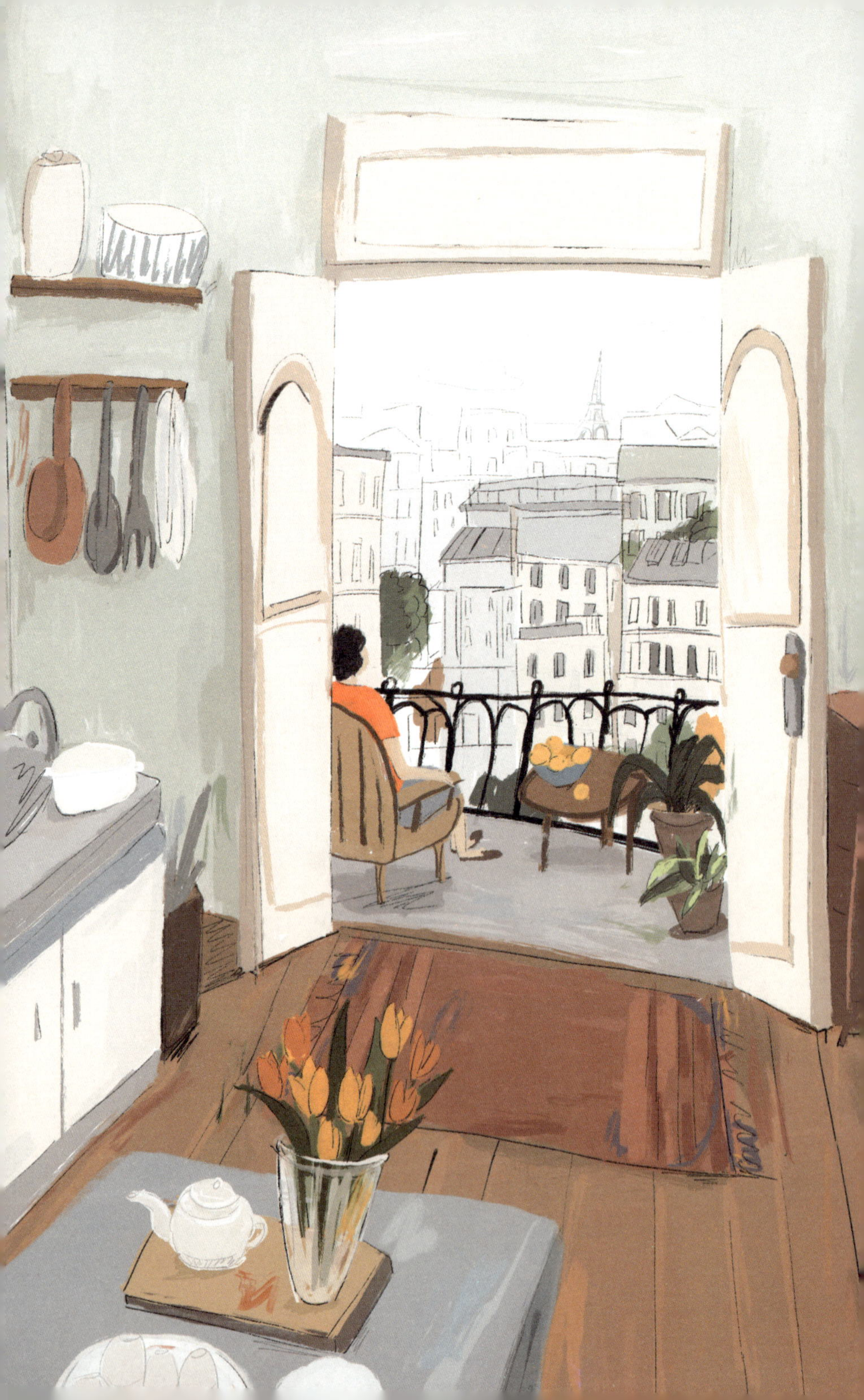

一日三餐

早餐

每天晚上睡觉前,俩宝都会跟我交代好第二天的早餐。

她们有很多选择:粥、炒饭、面条、鸡蛋三明治、鸡蛋羹、土豆泥、包子、煎饺等,总之一个礼拜内早餐不会重样。

早餐对于我们传统的中国家庭至关重要。

所以十几年来,只要我在家,早餐从来没有糊弄过老婆、孩子。

算起来,跟老婆在一起的这么多年来,仅早餐我就为老婆做了好几千次,什么叫数年如一日,这就是。

最近我看了一下我的朋友圈。

很多人进来,很多人离开,但是总有那么一个固定的群体,联系得很热络,有的已经十几年了,相处得很舒服。

当然,也有一些很熟络的慢慢就淡了,大家三观不太相同。我总结了一下，那些玩票的、经常换感情对象的、家庭不和的、言而无信的，大部分都走了。

因为这些人看了我的朋友圈难受，感觉我挺装的。

其实，反过来想想，即使我在装，数十年如一日地装，也算是牛人了。

对吧。

午餐

有个邻居是欧洲议会议员兼法国议会议员，人非常热情，多次邀请我去法国参议院看看。

我上个月答应过一次，但是临时有事，提前一天取消了。

前几天他又邀请我去，于是定了今天。在参议院吃饭不是谁想去都行的，必须有议员邀请才可以。

法国有380名议员，大部分都身兼数职，例如我的邻居就是南方某城市的市长和区域议会主席。

法国参议院（法文：Sénat），是法国两院制议会中的第二个议会，第一个议会是众议院。参议员是由约15万名地方代表和地方政治家间接选举的。参议院在法国权力巨大，总理和部长们定期接受质询。

在总统不能履行职务或空缺时，由参议院议长代行总统职权。

餐厅挺好的，装修是路易十五时代的风格，做的菜也不错。

我吃饭的房间只有三张桌子，有好几个议员。中午我们两口子的待遇还挺高的，有两个议员陪吃，聊的内容五花八门。

其中一个议员刚刚去过中国，访问过青岛，跟青岛的黄岛区有很多互动，他的城市跟青岛是友好城市关系。

有了这一层关系，感觉他们是我的半个老乡了。

吃完饭后，两位议员陪我们见识了一下参议院的精华。只有一个感觉，法国的建筑文化太牛了。我学历不高，实在没有别的词形容了。

晚餐

早上的时候，突然收到我前老板常总的微信。

我人生中就只有这一位老板，离开他之后我自己就是老板了。

常总说侄子来巴黎参加时装周了，让我赶紧联系，给予关照。

常总，事业巨牛，掌握好几百亿的盘子，不过我更喜欢叫他常老师。他的事情我一秒钟都不想耽误。他是我大三实习时期的老板。我大三、大四时都在他那里锻炼。我一直运气超牛，碰到了若干想帮我的人。常总开启了我的职业生涯。虽然还没有毕业，当时我已经被任命为部门经理，帮他负责了北京将近十个店的管理。

当时我23岁，还是一个没有毕业的学生，在那个年代，年薪近10万。

当时我感觉在北京可以横着走了。

当然，我今天做菜这么好，跟常老师也有关系。

人生第一次吃龙虾、鱼翅、鲍鱼、大闸蟹、烤鸭，都是跟他一起的。

我天生就是吃货，崇文门那边的好餐厅都让我吃遍了，特有成就感。后来，我放弃了体制中的机会，在常总的帮助和鼓励下出国了，一晃十多年。

我能有今天，他功不可没。

常总来法国看过我几次，第一次来看我，就对我影响巨大。

那是在2004年，当时我在南特附近的一个城市念书。他通知我要我来巴黎。我和老婆开车三个小时，来巴黎跟他相聚。第一次来巴黎，我们好像刘姥姥进城，开了眼界。当时借常总的光，接待规格很高。我记得吃了不少好东西，还安排我们住了高级酒店，真正见识了巴黎。

从那以后，我和老婆决定离开乡下，来巴黎发展，巴黎的舞台太大了。

思绪一开，扯远了。

回到晚宴上来。

我很顺利地联系到了常总的侄子，常明，约定去大皇宫的露台吃饭。

餐厅巨漂亮。

跟常明的见面，有意料之外的惊喜，虽然从未直接联系过，但感觉却像是故友重逢。

因为常总在他面前说过我，他对我不陌生。

在这里，感谢常老师在别人面前对我的评价。

常明，一个在新西兰留过学的"海归"，很优秀，有很全面的背景，对创业很有激情。现在他创业做帽子，对他的帽子，他内心充满了热爱。很幸运，他选择了自己喜欢做的事情。

他也聊了很多，常老师，他的叔叔，对他的影响很大，从童年到留学，到现在。他对常老师有着发自内心的认可，对这种感情，我很有共鸣，仿佛看到了自己的影子。

我跟常明聊了聊我在法国的一些情况，包括一些创业经历。回忆起在常总身边工作的两年，那是我人生的一个高峰。

我常常在想，如果不来法国，我会混成什么样子，会不会当大官了，或者做大款了？遗憾的是，岁月不会回头，我也只能在巴黎勤勉创业，好好炒菜，好好培养孩子。希望有一天我的那些朋友可以为我而骄傲。

将来有一天，我想，我就回国做个老师算了，吹吹牛，弄点鸡汤，也许可以养家糊口。

再不行，就做个写手。

你们有钱的就捧个钱场，没钱的，借钱，也捧一下。

不啰嗦了，大宝说，不要总看手机。

这样，对手机不好。

一家仨娃

老三到,家里多了一口人。

压力剧增。

多了一个孩子就是多了一份责任,当然也多了一份期待和希望。

现在家里常住人口八人,特别热闹。如果爷爷奶奶也来,就是十口之家。

我就特别喜欢人口多的家庭,我的父亲有兄弟姐妹九人,过年走亲戚就得十天半个月。

感觉特来劲。

我这一辈的堂表兄弟姐妹几十人,服务于世界各地。

每次打电话回家,不怕没有话题,聊聊这些亲戚,就得一个多小时。

但是,目前为止,在我这一辈,孩子最多的就是我了。

三个女儿。

当初跟刘太太结婚的时候,关于生男生女,我们就说好了。我定的规矩:如果第一个孩子是男孩,那我们生到有女孩为止,如果第一个是女儿,就生到有男孩为止。

公平。

但是,现在,我要说,规矩是用来打破的,三个女儿,感觉怎么也能顶个儿子,我不打算再要了。

养不起。

不过,话说回来,我没有孩子的时候,我穷得叮当响。今天,我能够吃饱饭,还是要感谢这仨娃。因为有她们,才有我的丰衣足食。

老大,大宝,给她起的名字特别简单,Leor,or 在法语中是金子的意思,Les 就是很多,合起来就是刘多金的意思,我延伸为千金。

这个名字估计在法国是唯一的,因为我是按照中国人的思维独创的。

那个时候,我的发财梦就寄托在大宝身上了,期待她给我带来财运。

不负众望,不知道算是巧合还是真的大宝命好,反正怀上大宝之后,财富之门算是打开了。

我们开始有吃有喝。

生二宝的时候,我正在如火如荼地做红酒。

我做的红酒火到什么程度?

就连在波尔多酒庄工作多年的小哥、小妹都惊叹我的拿货量,超级大客户层出不穷。直到今天,国内有些地区的红酒销售,我依然占据着半壁江山。我的红酒就是质量的保证,绝对的口碑产品。我并不追求暴利,从不零售,只做批发。大部分客户是 10 万起跳。

为了尊重我的做酒时代，二宝的法语名字，我选择了五大酒庄之一的"玛歌"，刘玛歌。

刘玛歌不仅仅是个财神。

她来了之后，除了财务能力的提高，我的社交圈子也发生了重大变化，开始有一批"高大上"的人进入我的生活，成为我的朋友。

刘傲娇，老三，我一下子给她起了四个名字。在老三的护照上，夏洛特、樱桃、维多利亚和刘傲娇都是官方法定的名字。长大之后，她愿意叫啥就叫啥，可以成为真正的傲娇公主。

办理孩子户口的当天，再也不想生老四的刘太太紧急电话我，说想给老三加一个名字。

叫刘招娣。

我没同意。

刘傲娇，生在了这个最好的时代，除了父母、爷爷、奶奶、姥爷、姥姥的爱，她还有来自两个姐姐的关怀，可谓是天下最幸福的人。

老三带来的，不是财富，也不是圈子，而是格局。

这个是目前为止我最需要的。

三个孩子一台戏

三个孩子一台戏,每天都在演不同的剧本。

不过,老三来了之后,俩姐姐的眼神立马就变温柔了。

她们每天起床的第一件事情就是来看妹妹夏洛特,好像怎么也看不够。

彼此说话的声音,感觉空气中弥漫了糖的味道。

甜甜的。

自我约束能力更强了,俩宝都把希望寄托于三妹身上,都在想,万一将来有些不同意见,老三拉过来投一票,可以打败对方。

将来,决定事情,一人一票。

最近,俩宝看我天天敲字,敲中文,她们又看不懂,特别着急。

所以,从姥姥来了之后,俩宝就喜欢学习中文了,对汉字产生了兴趣。确切地说,她们对爸爸写的文章产生了好奇心。

好奇心和探索欲是一个孩子追求进步的根本保证。

她们的中文突飞猛进，基本上可以读小短文了。

这一点让我非常震撼，都不知道孩子们这么厉害。

以后微信聊天，不仅要防着刘太太，看来也不能给俩宝看了。

俩宝会通风报信。

有时候，我的微信上有美女跟我说话，俩宝都是第一时间对刘太太大喊："爸爸又跟漂亮阿姨聊天了！"

今天早上，我跟俩宝谈心。

无非就是谈一下她们最近的心理感受，包括有了妹妹之后，有没有感觉到被冷落。

俩宝说没有任何的差别，依然感受到爸妈强烈的爱。为了让俩宝度过这段不寻常时期，我几乎天天跟她们俩混，有时候上班也带着，弄得办公室鸡飞狗跳的。

有些同事估计有意见。

后边我怎么也得弄双"小鞋"准备着。

哈哈。

我曾经建议俩宝："换个妈妈吧，现在的妈妈每天给你们立那么多规矩，不让看电视，不让玩手机，不让吃甜食，天天还让你们练钢琴，做作业。我给你们换一个，什么都不管，岂不挺好？"

两人一致反对，明确表示，不换。

大宝直接抛出了自己的观点，说："妈妈现在管教我们，是为了我们将来好。"

这是孩子们的原话。

听了之后我还是很欣慰的。

孩子仿佛一夜间长大了。

那个平时上厕所都需要别人帮忙擦屁股的二宝，自从老三出生之后，竟然会自己洗头了。

因为她知道刘太太已经顾不上她了。

家里的生态在发生变化。

当然，我们做父母的，要学会平衡，要让她们知道家庭的概念，还有就是团队的力量，要注意协调。

有时候真的不能低估小孩子的意志力。

大宝最近体重增长得有点快，逼近 26 公斤，大腿有点粗了。我有几次提醒她："少吃，咱们家，尤其是爸爸，对女孩的身材要求很严，线条要好。"

我说："你要减掉一公斤。"

现在大宝每次吃饭，都上称，以前晚上两碗面，变成了一碗，节制了甜食，晚上的水果开始限量。

体重重新回到了 25 公斤。

她也很有成就感。

二宝身高逼近大宝，体重 23 公斤，瘦。我说："你可以多吃。"二宝说："也不能吃多了，胖起来，还得减，费劲。"

刘太太第三胎期间，体重控制得尤其好，怀孕期间也就增长了 7 公斤多，37 周生的，提前半个多月，三宝竟然 3 公斤。

她的肚子真是个魔术师。

生完后,体重恢复得也快,还有大约2公斤,就恢复到生之前了,肚子已经基本没有了。

我的体重?

咱们换个话题吧……

反正她坐月子期间,我比较受保护,好吃的没有便宜了别人,大家都很爱我。

前几天跟一个朋友聊天,聊起了孩子。原因是他想请我晚上一起出来喝一杯,我说不行,我晚上回家还得抱孩子。

他说,他回家从来不抱孩子。

为啥?因为他一抱孩子就哭,找妈妈,或者找保姆,就是不找爸爸。

他说的时候,一脸的自豪。

这不是个好爸爸,感情是需要培养的,要是天天下班就回家抱孩子,孩子也不可能在你身上哭的。

这样的爸爸,赚一个亿,我也觉着不够合格。

赚钱谁不会?有本事,你要左手事业,右手家庭。

刘太太怀二宝的时候,为了让她有一个好的休息环境,我每天都一个人带大宝出来。

二宝就更不用说了,我每天回家干嘛?就是抱孩子,我从喂奶,到换尿不湿,到洗澡,一条龙,从不觉得烦躁。

一天一夜

因为过几天要回国,乡下的房子良久不去了,有些牵挂。

快到中午了,突然想去看看。

来回开车俩小时,进了院子屋里待了十分钟,一切安好。其实不去也行,家里安装了摄像监控,随时可以看到那边的一草一木。

但是,远观跟见面是两回事。

在这一点上,我喜欢真实的感觉,看得见,也希望摸得着。

回家的路上感觉很踏实。

下午三点半跟俩宝说好了去游泳,为了不违约,午饭也没有正儿八经吃,着急回家跟俩娃兑现承诺。

果然,我三点回家的时候,孩子们泳衣都收拾好了。

法国的这种公共福利非常好,游泳池离我家走路也就五分钟,人不多,三三两两的,门票两欧元。今天出门着急,没有带钱,泳池就免费让我们进来了。

俩娃胆量很大，不喜欢儿童池子里的深度了，每次直接去深4米的深水区，站得高高的跳下去，半天才浮上来。

我刚开始还担心，后来也就习惯了。

人总是在适应变化。刚开始的时候，孩子们连70厘米深的水区都不敢去，慢慢地会游泳以后，就过渡到深水区了。现在再让孩子们去小池子，已经不可能了。

这就是人性。

我们每一个人也是一样，每上一个新台阶后，都希望再进一步，到更高的台阶上去领略更美的风景，就比如孩子们希望在更广阔的深水区里向爸爸展示自己的新本领。

我最近很开心，因为可以预见的未来给了我新的世界，每天，做的事情，遇到的人，说过的话，都那么让人期待。

晚上，孩子们睡后，我就搂着刘太太在沙发上看电视。每天的二人世界，是我们的必修课，再忙，也要跟刘太太说说悄悄话。日子细水长流，我要给三个宝贝做个榜样，要用生活诠释什么是爱，或者爱情。

睡觉前看了看大宝和二宝。俩宝睡熟了，没有盖被子。我轻手轻脚地帮她们盖好。微弱的手机灯光下，看着她们微笑的脸，不知道她们的梦里，有没有老爸真切的温暖。

婚姻没有秘诀，要去经营

杭州的冬天不是很冷。自从这个城市开过了 G20 之后，我一直觉着它就是个一线城市。晚上透过酒店的窗户，看到了紧邻的钱塘江，好似一条宽阔的银链子，闪烁着动人的光芒。两岸鳞次栉比的大厦，灯光照耀下五彩绚烂的江堤，倒映在水中如梦如幻的大桥，与蓝色的天空融为一体。

视线之内，高楼拔地而起。

我喜欢把钱塘江比作一个婀娜多姿的少女，温柔的江水轻轻地拍打着水面，妩媚得像一个妖精。

要是刘太太在就好了。

这是我们近期分开的最长时间，她一个人在巴黎照顾着三个孩子，从没有跟我抱怨过一句，问她生活怎么样，她永远报喜不报忧，不时地分享一些孩子们的照片，给我传递着爱的画面。

让我很感动。

最近几天收到特别多的读者私信，很多人都问我婚姻的秘诀，怎么去处理跟太太或者老公的关系，我想在这里统一回复一下：

婚姻没有秘诀，要去经营，但是不要刻意，不要追求所谓的保鲜，去掉所有不实际的幻想，踏踏实实过日子。

但是，夫妻之间要有惊喜。原来我以为刘太太不喜欢惊喜，比如她生日我从来没有送过花。但是今年我突发奇想送了全巴黎最美的玫瑰，这算是第一次，以前我都送包。

这次送花，刘太太非常开心，拍了照片，发了从前几乎不发的朋友圈。

一个礼拜之后大宝看到我送的玫瑰有点凋谢了，就说："妈妈，把这个花扔了吧。"

刘太太把阿姨叫来，倒掉了花瓶里的水，花没有扔，做成了干花。

永远不要低估一个女人对花的热爱，特别是老公送的。

我记住了。

晚上约的跟钱姐姐吃饭，家宴。其实她家就是我家，我来杭州一般就住在她的房子里，或者金老师的房子里。不过她太忙了，我来杭州她几乎不陪我了。听她的司机说，她一个人的工作量比以前多了几十倍，每次我能一起吃顿饭已经不错了。关键是我也忙，比她还忙。

不过上次俩宝回来，面子大，钱老板放下工作陪了两天，也算是没有辜负俩宝叫了她这么多年"干妈"，她对孩子是真爱。

有个读者问我，你这么多牛气的关系怎么维持的？我想说，我的关系还要维持？那都是她们喜欢我惹的祸……

想来想去，对我来说，人生的大树不要太多了，有几棵基本就够了。

你们看我的文章，一定要跟着进步，要不断励志，要告诉自己能行，而且必须行。我写的文章，我不希望有一天，你们看不懂了，那不是我的错，你们照照镜子，看看自己，是不是辜负了好时光，是不是努力过？

如果让我说句心里话，我想说：不管你们现在是什么身份，你们就永远跟着我的日记，相互见证，我们一起雄起，一起牛气，好不好？

还是那句话：抱紧我，别放过。

爱你们。

婚姻是世界上最难的合作

巴黎的已婚美女中，郝彤算是其中好看的。上海人，本来就精致。

我最近发现，这种准中年少女比较喜欢我。

她今天来我办公室，一待一下午，赶也赶不走，就跟我说了一件事，她要和老公离婚了。

聊了几句，我发现郝彤最大的缺点就是抱怨，她总是把自己的伤口撕开给别人看。

其实人成熟的一个标志就是把痛苦隐藏，不外露。人性的一个特点就是，如果不是铁杆的朋友，听到别人的痛苦都会表面上安慰，内心里叹息：你看风光的她，过得真糟心。

所以，我从来不去抱怨自己的痛苦，没有必要。例如，有时候在家刘太太也会打我，这个事至今还没人知道。

成年了，喝酒要大大方方地咽下去，入口苦，回味可能会无穷呢。

我把这个道理说给郝彤听了，并说："从现在开始，你不要抱怨生活、抱怨老公了，你给我讲讲你们的甜蜜故事，讲讲老公的好。"

她说："好像没有。"

我说："你想想。"

过了一会儿，画风一下子就转变了。郝彤开始想起有点甜的故事，然后一点点地回忆，又跟我聊了一个小时。

最后她很惊讶，说："刘哥，你真厉害，原来表扬别人自己也很开心，看来我老公还是优秀的，这婚暂时可以不离了。"

我就问了一句："离了之后，你怎么办？你才三十多吧，领着俩娃，再找个人结婚，不容易的。万一另外一个男人再让你生几个，你这俩娃就很尴尬，再说，你能保证继任者比你现任好？"

郝彤的老公是个高管，我也认识，工资高，责任重，经常出差，全球到处飞。人很体面，很正派，感觉很不错。

郝彤说："其实，刘哥，我也没真想离，就是过来跟你说说怨气。"

我说："跟我说怨气可以，跟周围的人就不要到处说你的怨气了，包括父母孩子，想想别人的好。"

"还有，"我说，"你把你微信名字改了，'一条悲伤的鱼'，不好听，天天这么心理暗示自己，何苦呢？"

她走后不到十分钟，给我发来了一条微信，说，谢谢刘哥。我一看，她的名字已改成了"一条快乐的鱼"。

但愿她可以听进去。

我这个"妇女之友"的称号不是白来的。

最近巴黎的读者比较活跃，很多人提出来约我吃饭、喝咖啡。我都直接说了，尽量不出去见面，我一不想谈合作，二也不想勾兑资源，我跟已经认识的人交流好了就够用了,新的朋友静静地相互看着就好了。另外,如果真有事直接来我办公室,我真的对吃饭、喝咖啡没有兴趣,太费时间,最好直接来谈。

如果想闲聊天也可以,不过我在办公室就是工作状态,你们来了喝杯水,看看书,看我两眼,我也很喜欢。

这个礼拜来了三拨人,都是美女。

其中一个90后,很好看,体重稍微重了一点,大约105斤。不过她说,下次来,争取95斤,迎合我的"变态瘦"审美。临走还跟我借了本书,她很聪明,一借一还,我们还得见面。不过万一下次再借一本呢?

还有一个也是90后,长得跟孔雀差不多一样好看。她也是有感情困扰,跟男朋友两人一起来的法国,跟当年的我和刘太太类似。不同的是,我跟刘太太在一起了,而他们面临着分手。

她看了我的文章,特别有感触,特地从南部尼斯过来,向我请教。

她们俩的问题特别简单,就是男人进步太快了,女孩没进步,跟不上了。

我跟她讲了一些大道理。

我认为,坦白地说,婚姻的本质是一场合作。

两个没有任何血缘关系的人,走到一起,竟然要过一辈子,这个合作的要求非常高,除了身体上的契合,精神层面或者说是灵魂也需要高度统一。加上婚姻自备的排他性,毫不夸张地说,婚姻是世界上最难的合作。

只要是合作,就存在资源匹配的问题。如果你进步得太快了,你就会把对方甩掉；如果你进步得太慢了，你就会被对方甩掉。

这个90后美女就在这方面吃亏了。男朋友说养她，她就信了。在一起五年来，这个美女每天就吃喝玩乐，刷抖音。直到有一天，男朋友外边有人了，而且是明着来的。

我最近也在看身边的人。生活在大城市的，离婚率高；另外，越是天才，越是企业家，越是明星，越容易离婚。

不是因为他们变心了，而是一方飞得太快了，对方跟不上步伐了，离婚是必然。夫妻间的高度存在很大差异时，这种断舍离是不可避免的。

反过来我们看，旧时农村的婚姻为什么如此稳固？很简单，你挑水，我浇园，你牵牛，我耕田，夫妻俩都没啥大进步，基本一辈子都处于同一水平线上，离啥婚？

不过现在农村的婚姻也难了，优质的资源被平台化，村里的首富已经娶不到村花了，村花都进城了。

说到底，也是资源匹配的问题，不对等了，危险就来了。

我跟这个女孩说："你男朋友已经爬到20楼了，你还在5楼，他在20楼遇到了一个姑娘，这个姑娘跟他携手继续爬向21楼，慢慢地，他就会淘汰你，因为你跟不上他的节奏了。"

你们男人怎么会这样？

这是女孩最后跟我说的话。

因为，我给她的感情判死刑了。男人一旦跟你摊牌有别人了，九头牛都拉不回去，无论这个"别人"在你眼里有多差。

这就是感情规律，变不了的。

她哭着走的，我帮不了她。

后来，她微信我，问，刘大哥，这个痛苦怎么过去？

我说，很简单，感情的痛苦只有两个途径可以尽快解决。

一个是时间，一个是新人。

祝她幸福。

陪伴是这个世界最温暖的词

今天起床后,俩宝见了妈妈第一件事就是交给她一封信,信封上写着,祝妈妈生日快乐,还特别注明了是以她们俩的名义来祝福的。打开信一看,内容特别好,是大宝代笔写的,信里总结了妈妈对家庭的付出,也很深情地表达了对妈妈的爱。我把这事儿录了个视频,看了好多次都非常感动。

除了这封信之外,为了刘太太的生日礼物,俩宝已经忙活了将近一个月,画了很多画,做了许多纯手工礼物,每天回家做一点,做完了藏起来,不让妈妈看见,就为了今天晚上的完美呈现。

晚上我定制了蛋糕,买了全巴黎最美的玫瑰。一家五口一起吹了蜡烛,唱了生日歌,我和俩宝也念了爱的独白,俩宝送上了完美的礼物。刘太太非常开心。

最让刘太太骄傲的还是俩宝的创意和心意。俩孩子真的非常懂事,为了妈妈的生日,心甘情愿地做了大量的准备工作。

孩子的这种仪式感是慢慢培养的,她们重视每一个特别的日子。

在这一点上，孩子是非常舍得花心思的。

今天我们家阿姨听到了俩宝对妈妈的祝福后非常感慨，说俩宝真好。她说她的儿子三十多了，从来没有对她说过一句"生日快乐"。

说起阿姨的儿子，我也是非常失望。他妈妈在法国拼命工作，给他买了房子；他失业后，是妈妈帮他买了车让他跑滴滴，他依然说自己入不敷出。那么大的人了，经常跟妈妈要钱，今天说买手机，明天说买羽绒服……

我们家阿姨不止一次说，年轻的时候要是来我们家学习教育孩子就好了，也不至于现在感觉对孩子很失望。

我对阿姨说，不要怪孩子，《三字经》上说，人之初性本善，孩子生下来是一张白纸，孩子成为什么样的人，爸妈的教育占了百分之九十。

阿姨年轻时奔波于世界各地打工，孩子跟爸爸一个人在山东老家，母爱缺失，有时候三五年不见。做妈妈的觉得自己的一切奋斗都是为了孩子，孩子却抱怨妈妈没有陪伴在身边。

如果我们家的这个阿姨老乡不出来打工，我觉着她一定会培养好这个儿子，因为，她身上真的集中了山东人所有的优点，不仅吃苦耐劳，还有很强的服务意识。

我这几年晚上不出来吃饭，还有一个重要的原因就是阿姨做的饭太好吃，一般的餐厅都比不上。除了做饭好，她还有一个绝技就是会足疗和全身按摩，每天晚上都帮我们按按脚，揉揉肩，或者帮我推背，手法极其专业，因为她曾经在帕劳做过三年专业技师。

我说："就你这种性格和对人的态度，如果陪伴孩子，孩子肯定不是这个样子。"

她也很无奈,说:"我不出来打工,儿子的房子怎么办?"

前几天网上有一篇文章刷屏,大意是说,有很多做妈妈的,抱起孩子,就养不了家,要养家就得放下孩子。

这就是生活。

我很开心能够在日常工作中兼顾家庭,或者可以说在家庭生活中兼顾工作。我的孩子们看到的是一团和谐。

在对孩子们的教育中,我始终把夫妻关系放在第一位。俩宝都知道,她们俩的家庭地位排在刘太太之后。家里的各种需求我也把刘太太放在最前面,平常吃饭也是,先做刘太太喜欢的,再做俩宝的。

这样的好处就是,孩子们知道夫妻关系的重要性,对将来的婚姻生活抱有美好的期待,也增加了她们的安全感。

我经常说,家庭中的夫妻关系,哪怕是演戏,也得演出来恩爱,给孩子们表演一下,无妨。

今天早上收到表妹的留言,她看了我的文章后,写给我一段话。她说:

> 送完孩子看完你的文章,我感觉,在你所拥有的一切里,我最羡慕的还是你的爱情。爱情最需要的就是陪伴,陪伴是这个世界最温暖的词,它意味着这个世界上有人愿意把最宝贵的东西给你,那就是时间。日复一日年复一年,你们相互陪伴依偎的样子真的让人感动。你的文章给我太多启发,我

也会好好改变，不管遇不遇得到爱情，我会慢慢变成自己喜欢的样子，让自己的人生充满美好。

她是我亲姨家的孩子，血缘上离我最近的人之一，她对我的评价证明了一个客观事实：我的家庭关系是对的。

看了她的微信留言之后我非常感动，她能够通过我的日记，感受到正能量，感受到内心的温暖，对标自己，期待改变，这就是我写日记的意义所在。

祝福她越来越好，而且是一定的。

我不是完美男人，拒绝一切人设，更不想作秀，但是我内心的阳光通过文字折射出来，哪怕只有一丝光亮能温暖你们，我也是知足的。

不是吗？！

父母在，人生尚有来处

自从我跟刘太太在法国打出租车被价格吓了一跳之后，后来就几乎不打车了，一是因为贵，二是因为那段回忆让我们伤感。这个习惯保持了好几年。

记得 2005 年回国，虽然我算是有点钱了，到了北京还是跟刘太太一起坚持不打车。

有一次，我们去她的母校看了看，回来的时候就坐了公交。在四惠附近上车后，我跟刘太太都有座，坐了一站地，上来一个老太太，一看就不是善茬，她走到我面前，说："小伙子，给大妈让个座，你看你年纪轻轻的也没有个尊老爱幼的习惯！"

我赶紧站起来，说："不好意思，您坐。"

大妈坐定之后斜了我一眼，问："小伙子你多大了？"

我说："二十七八了都。"

大妈说："你这二十七八了还在挤公交车，我闺女二十二，早就买车了。"

我说:"大妈,您闺女真厉害,我要好好努力了。"

这个大妈也是够逗的,瞅了一眼我旁边的刘太太,又问了一句:"这个是你女朋友啊?"我说:"是的。"她说:"小姑娘不错。"然后又补了一句,说小姑娘你要看准了,这个小伙子没啥出息。

刘太太脾气好,说:"大妈,您放心,下了车我们就分手,我找个有车的。"

大妈听了很欣慰。

其实那个时候我有点钱了,不过,我自己在国内没有买车,但是我给父母买了。我心想,我总不能自己有了车,却让年纪大了的父母挤公交吧,就跟这个大妈的女儿那样。

大妈最大的优越感不应该是女儿买车了,而应该是孩子有出息给自己买车,自己不用挤公交了,现实却是大妈挤着公交,还看不起挤公交的人。

我这句话到嘴边了,没有给大妈怼回去,不想伤害她的优越感。

其实我算是一个非常有孝心的人,这在同龄人中算是做得好的,也经常被周围的朋友拿来做标杆。但我自己很清楚,我在法国,离家那么远,再孝顺还能孝顺到哪里去?在物质条件上,我能做的就是全力支持父母;在精神层面上,我能做的就是多打打电话而已。

想想这些年的经历还是很有意义的。

我清楚地记得,我和刘太太把在法国的第一笔积蓄寄回了家,当时汇率很高,1:10,欧元很值钱。这笔钱给了我亲姐,买了辆车,一是方便她自己,二是方便照顾我的父母。

第二笔积蓄给岳父母也买了车。后来我和刘太太开着这辆车去合肥，感觉档次不够，当天就在合肥的另一个4S店开了一辆更好的车回来，那个时候我有点"土豪"了。

再后来，就陆续给父母和岳父母换了更好的房子。

我跟很多人说过，我这样做，是为了自己，为了我心里舒服，父母、亲人只不过做了我安慰自己的受益者罢了。

有一点我做得特别绝，就是再有可能给我带来利益的人，只要他不孝顺，对父母冷漠，我就坚决不把他当朋友。山东人的孔孟之道对我影响太深了，我只认可有责任心的人：那些连父母都不管的人，是不可能对你好的。

我们的父母真的老了，如果现在不去好好创造机会，让他们安度晚年，等有一天"子欲孝而亲不在"，太难受了。

我现在唯一会做的噩梦就是那种事关父母健康生死的，一旦做了这种梦，就常常会被吓醒，怕他们身体出问题。像我们这种远在天边的摆渡者，父母在，还有个回家的奔头；如果不在了，真的，人生就只剩下归途了，有一天回到家乡，连个落脚点都没有。

路没有尽头，梦想也是，芳华还在，真情也在，那些独特的、相互吸引的气场宛如天空中阳光下的彩虹，虽随风变幻，却永远保持着缤纷的色彩。

我们都是坚强的爸爸妈妈

写父母是最难的,有时候思绪太多,感情太丰富,反而无法提笔。我的这篇文章,尊重了自己对父母的真情实感,敞开了我的心。我不期待被称赞,但是,我敢说,文中的一切,你也曾经经历过,或者有一天也会经历。还是那句话,希望你们认真看完。

祝愿天底下所有的父母们,健康平安。

前几天是重阳节。

一大早起床后给妈妈打电话。

妈妈告诉我,这几天把家里的暖气片换了。

因为,冬天爸爸怕冷。

自从第三次脑梗发作后,爸爸就越来越怕冷了,初秋就要穿上秋裤,整个人都要捂起来。

妈妈说,原来脾气火暴的爸爸,最近几乎不发火,走路已经没有声音。

听到这些我心里一阵阵发凉。

距离我上次回国看他也就不到三个月。我走的时候，爸爸还活动自如。

老年人的世界，有时候让我们度日如年。

前几天，我在朋友圈里看到好朋友金老师在分享他妈妈做的菜。

他的妈妈也已年过七旬。

那天，他晒的是红烧猪蹄。已经功成名就、品尝过无数山珍海味的亿万富翁金老师，把这个菜表扬成了米其林三星的水平。妈妈做的菜的味道，在他的心里已经登峰造极。

他们一家人的合影上，每个人都笑颜如花。

我点了个赞，突然不知道怎么留言，我只知道，那一刻，我的心被击中了。

很羡慕他的父母在身边，依然会偶尔在他的要求下做几顿饭。

对他来说，他做的，是让年迈的父母感觉到他们永久的价值，因为父母再老，都还想用最后的力量去呵护孩子。

金老师是一个情商极高的好男人。

以前，我每次回国，妈妈几乎每天都会给我做饭。

她的手艺，至今无人能及。她烙的馅饼、炒的小鸡，甚至熬的最普通的小米粥，都把味道做到了我的胃里。对这个世界上的大多数人来说，父母做的饭菜的味道贯穿了我们的童年，并一直延续着极强的穿透力。

去年的秋天，姐姐突然对我说，妈妈的腰疼得厉害，让我回去一趟。

家里的事情，只要需要我出马，肯定是大事。

我立马回国。

到家后，就发现妈妈已经快走不成路了。

我赶紧去北京，找了一大帮朋友，约了三个著名的骨科医院，医生们给出了一样的结论：老年病，椎管狭窄，必须手术。

恩师常总帮我联系了同济医院的骨科主任，决定立刻手术。

不过，妈妈竟然不同意在北京做手术。

她很少如此坚持。

她说，像她这个年龄，做这么大的手术，吉凶未卜，不希望在北京给儿子添麻烦。

妈妈态度坚决。

跟各路专家商量之后，最终我还是决定回家乡做手术。

手术定在了一个礼拜后，一个温暖的周六，初秋。

家乡的城市，落叶正酣，医院的病房里全是人，走廊里都住满了。

窗外偶尔传来的蝉鸣，也那么令人伤感，它们想用最后的力气，向这个世界证明它们曾经来过。

但是，告别夏天的悲伤，谁都不愿意经历。

大多数人，只有在医院里，才感觉到了生活的无奈，恨不得变成超人，接管父母、亲人所有的病痛。

接下来，就是等待专家来。

等待的日子非常煎熬，我真正体会到了什么叫"担忧"。

家离医院不远，妈妈吃不惯医院的饭，我负责了一日三餐。

在巴黎跟老婆孩子团圆恩爱的日子里,我每天都会向她们展示厨艺。

而,养育我的父母,却很少能吃上我做的饭。

这件事,我需要反思。

人一旦有了牵挂,就跟打了鸡血一样。

那段时间,晚上我陪着妈妈聊天,鼓励她,讲述我在巴黎的美好生活,讲述俩宝的种种可爱之处;白天,往返于医院和家之间,做饭,送饭;做饭,送饭;做饭,送饭。

妈妈是这个世界上我认为最善良的人,她的邻里关系处理得非常好。她十分心疼她的儿子,每次我把饭盒送到病房,她都非常内疚,说:"让你漂洋过海跑这么远,还让你给我做饭。"有时候眼里还蓄满了泪花。

养育我们的父母,只知道付出,当孩子反哺的那一刻,他们竟无限感恩。

心灵的洗礼来源于每一段有感触的经历。当时我就在想,作为一个在父母的注视下走出大山、闯荡世界的孩子,父母对我究竟有怎样的期盼?是期望我衣锦还乡,还是满足于我的生活健康美满?或者,仅仅是盼望孩子能够回到自己床前,吃上孩子亲手做的饭,哪怕只是一碗鸡蛋面?

手术在那个周六如期进行。

在我原来的想象中,妈妈被推向手术室的一刹那,我应该是紧握着她的手,帮她一起变得坚强。

但是,那天,天突然久雨转晴。

早上的太阳照进病房，让初秋的天气变得温暖。

医生来推妈妈的时候，对我们强调着手术的风险。我这个曾经在全世界走南闯北、自认足够勇敢、坚强的儿子，这时候全身一阵阵战栗，腿已走不动路。

我永远忘不了那个画面。

妈妈在我们的保护下被推向手术室。

她去往手术室的一刹那，我真的想说点什么，哪怕说个"加油"也好。

但是，事实上，当时的情形特别复杂。

所有的爱，所有的担心和疑虑，所有的情绪都交织在一起，一起混搅，我根本左右不了自己的语言。

我体会到了语言的苍白无力。

妈妈当时闭着眼睛，没有看我们，表情很坚定，似乎在告诉我：不要说话，不要怕。

最后，在离开的那一刻，我终究一句话也没有说。

准备好的千言万语，都留在了心里。

我想妈妈也是。

感谢大城市来的专家和麻醉团队，他们特别给力，也感谢当地医院的完美配合，手术特别顺利。

午后的阳光虽然比平时来得晚了一些，但是它的灿烂足以照耀所有感到寒冷的人。

记得第二天的早上，妈妈醒来，晨光熹微，日光斜照在病房的阳台上。

她的面容越发慈祥，对着我微微地笑，虽然没有说话，却抵得上千言万语。

这个画面我不敢再看。

我去了阳台，一个人站在那里，感恩祈祷了良久，再也控制不住自己，泪水直流。

我们每一个人都会经历痛苦、幸福，也都会克制。

但是当我们真正经历穿透人心的父母亲情时，谁都控制不了自己的情绪。

一年过去了，妈妈的身体恢复得很好。几个月前我回去的时候，妈妈已经健步如飞。

感谢所有出手相助的人。

经历过妈妈的住院后，爸爸的身体也不如从前了。爸爸是一个特别与时俱进的人，QQ、微信，玩得都比我早，对网络上的热点了如指掌，特别喜欢钻研政治，看透了世事和时事。

爸爸第一次脑溢血的时候，我大四，正在北京实习。接到电话后，也是马不停蹄地赶了回去，实习公司的常总慷慨相助，加上爸爸当时年轻，抢救及时，基本没有落下后遗症。但那一天的经历告诉我，父母真的已经老了，已经不再是我眼里无所不能的爸妈了。

2005年，当时又是个冬天，我打电话回家，没有人接，打爸爸的手机，也没有人听。

我天生敏感，遇到这样的事情，内心已经有了预感。电话打给姐姐，果然，爸爸第二次脑溢血住院，情况危急。

巴黎到北京一万公里的路，从来没有那么长过，我归心似箭，感慨科技的力量有限，不能马上到家。

去医院的时候，爸爸已经神志不清，但是还记得儿子。他出现了很多幻觉，似乎一直在回忆以前的事情。

我记得，我找到院长（也是我的一个朋友），对他说，尽全力，把人留下。

不想太多回忆当时的场景，但是，即使不刻意回忆，十多年前的每一刻，都还历历在目。

很幸运，我和爸爸在一起，肩并肩在医院里奋斗了45天。出院后，爸爸康复得非常好，后来行动自如。每当回忆起当时的情景，爸爸总是说，当时的坚强太值了。

人生就是如此，有时困难实在太难了，我们真的希望放弃，太累了，不想再走。但是，当我们真的挺起胸膛，迈过那个门槛，就会发现，风雨过后，带来的，不仅仅是彩虹，还有继续体会人间美好的喜悦。

远在海外，我每个礼拜都会给他们打电话。大多数时候，除了问候，我还会找一些无关紧要的话题或者邻居的八卦，来拖延时间，跟他们多聊会儿。有时候，一聊就是一个小时，仿佛自己就陪在他们身边。

对父母的感恩和尽孝，除了物质条件外，更重要的是陪伴。

自从有了俩宝，我们一家四口每年都回老家至少三个月。

但是，今年，大宝已经上了小学，假期已经没有那么自由。回家的日子，只能配合孩子的学业了。带娃回国的机会，只有冬夏，再无春秋了。

父母在,不远行。

这是我们从小所受的教育。

但是,每一个少年,都曾幻想一剑走天涯,在江湖险恶中,追逐世界繁华。

闯荡在外的少年,也都会为了自己的梦想,越走越远。

我就是曾经的那个追梦少年。

但是,我想,父母对孩子尽孝的理解,也绝不会仅仅体现在家里和床前,更多的是期待孩子去翻过更多的山,寻找自己的梦。

每次回家,离开的时候,最难过。

这一点,相信每一个离过家的孩子都有切身的体会。

跟父母分别时,在每一次拥抱中倾听彼此的心跳,我仿佛感觉到,自己又回到了记忆中的童年,那时的我,手挂在他们的脖子上,依偎在他们的怀抱中,就如今天跟我撒娇的俩宝一样。

眼泪没有颜色,却会让我们的眼睛变红。它是最能表达感情的东西。

几乎每次离别我都会告诉自己,要笑,要坚强。然而,看到父母的一瞬间,再坚强的男人也不能自控。

依然记得几个月前的离别,接我的车子就要驶离小区,我在心里对自己说,走了,别回头,但在拐角的一刹那,余光瞟到年迈的父母,看到他们举着再也举不高的手,缓慢地向我挥舞,那一刻,我再次泪眼迷蒙。

我们都会经历人生中的九十九次离别,无论离别的是父母,还是孩子,抑或是经年的故友,都会让我们感叹岁月的无情。

而生活的艰难,或者是生活的成就,都会见证我们在每一次离别中的成长。我们，必须坚强地在这个世界活着。

写到这里的时候，大宝午休醒了，来到我的房间，一声不响地钻进了被窝里。

她看了我一眼，问："爸爸你怎么哭了？"

我说："我想爸爸妈妈了。"

大宝回答："爸妈就在这儿啊，你为什么还想？"

我说："我在想我的爸爸妈妈。"

父母的幸福是我最重要的诉求

我的父亲每天早上都会给我发条微信，内容是一句话配上一面中国国旗。这条微信有两层意思，一是问候我，二是提醒我是中国人，要爱家爱国。

在他的年代和他的圈子里，父亲算是人生大赢家。我小时候特别喜欢听他讲故事，讲关于他的故事。

他年轻时叱咤风云，在我们那个地方算是青年才俊，童年时代，遇到父亲的朋友的时候，我听到的都是他们对他的赞誉。

他正直、讲义气，在我心中是一个顶天立地的男人，跟我妈妈风雨走过了将近五十年。我觉得他永远不会老去。

前几天，父亲给我发了一条微信。他告诉我，经过上次手术后，他感觉太累了，站不起来了，希望我能理解。

他决定余生跟轮椅为伴。

半年前的今天，父亲经历了他生命之中的一次大考。他上厕所时摔倒了，腿部严重骨折。当时的情况非常危急，医生说他的生命周期只剩下了三个月，直接建议我放弃手术。

这是基于父亲的身体基础做的判断。他身上的病太多，有十多年的糖尿病，心脏功能差，血压也高，曾发作过三次脑溢血，不符合手术条件。

也就是说，他上了手术台可能下不来。

我是一个不服输的人，经过慎重考虑，我和父亲协商后，决定冒险。

命运眷顾了我们，手术特别成功，今天离父亲手术成功已经过去了六个月。

这六个月里，父亲的身体恢复得一天比一天好，做儿子的比什么都开心。但是，老年病的侵袭，依然让父亲不堪重负。当我收到父亲决定不站起来、不重新走路的微信时，心里像打翻了五味瓶，特别难受。

我生长于山东一个非常传统的家庭，孔孟之道是家里对我最起码的熏陶，从小我就知道做一个好孩子要懂孝道，所以在生活中，父母的幸福是我最重要的诉求。

在创业过程中能反哺家庭和父母，让我引以为傲。还没给自己买车，我就先给家人买了车；还没给自己买房，就先给父母、岳父母买房、换房。我的信念只有一个，那就是父母年事已高，我要尽我所能，让他们安享晚年。

老家有很多人对我提出表扬，我觉着自己真的没有做什么，都是应该的。我这样做的目的只有一个，让自己心里舒服。我在外面整天吃三喝四，却照顾不好父母，这说不过去。父母、亲人只不过做了我心里舒服的受益者，仅此而已。

想当年我非常自信，来法国第二年，我就跟父母说："你们可以不用工作了,我来养你们。"

需要说明的是,我来法国没有用家里一分钱,可能在那个时代,包括在今天,也很少有人能做到这一点。

25岁的时候,我决定来法国,一是学习(文凭傍身),二是创业(赚钱)。当我坐上从北京飞巴黎的航班时,我就想,人生没有回头路了,在法国,我只能成功,不能失败。

我怀揣着143欧元,来到异国他乡。没有恐惧,只有为未来奋斗的兴奋。

虽然在前进的过程中,负过人(在此道歉),负过事(再道歉),但是绝大部分的经历都没有违背初心。我恪守正确的三观,紧紧跟随着世界。

15年来,我觉得我做得最牛的事就是坚持,做一件事情可以几年如一日,甚至十几年如一日。在内心深处我有自己的坚守。我甚至没有睡过一个懒觉,因此我给自己起了个名字——内心很帅。

之所以在今天念叨这些陈谷子烂芝麻的小事,去写自己很少写到的父母,是因为今天与众不同。

12月19日,是他们的生日,更巧的是,他们的生日竟在同一天。而40年前的昨天,邓小平揭开了中国改革开放的序幕,成就了现在的中国。

多年以来,爸妈的生日我都要回去。今天有点例外,作为儿子,只能在巴黎遥祝,不能回到现场祝贺,我有两个原因(借口),一个是今年回去四次了,算是比较多,上个月刚刚回过家,热度还在。另一个是,我们有了老三,刘太太一个人弄三个孩子确实太难了,天又冷。

当然还有一个原因是，下个月，我又要回去了。

前几天兄弟小满给我留言，问老爷子的生日怎么过，我说："老样子吧，除了我不在，一切照旧安排。"

小满说："你不在，咋照旧？"

也是，儿子是父母最大的荣耀和牵挂，爸妈的生日宴会我不在，虽然不能说黯然失色，但是至少没有我在的时候那么星光闪耀。

对不起了，这次暂时缺席，真心祝愿这个我不在现场的生日，父母也一样快乐。

我也知道，来日并不方长。我保证，明年的生日一定见。

爸爸妈妈，你们要好好的，我们都要好好的。

生日快乐。

每一天都快乐。

爱做饭的厨男

我是一个爱做饭的厨男,既恪守传统又喜欢创新,某人就喜欢我这点。

我算了算,从来法国到现在,我大约做了 13 年饭,一年 365 天,一日三餐,总计做了 14 235 顿饭,按照每顿饭四菜一汤的标准,就是 56 940 道菜(和 14 235 道汤),等于 110 个 520。如果说做到这些都不算是好男人,我不服。

这么多年里,我记得刘太太总共做了四顿饭,涉及领域广泛,包括泡酸菜老坛面、泡康师傅牛肉面……后来她搞了产业升级——开了两次炉子,煮了两次方便面。

就这四顿饭,孩子们记忆深刻,一直说妈妈做饭比较好吃——方便面对孩子们来说肯定是最好吃的。

这个我不反驳。

在孩子们的意识里,爸爸做饭是天经地义的,家里所有的体力活都要男人干,女人等着就好了。这个传统在刘太太的家里也是一样,从我认识刘太太开始,我的岳母好像就没有做过饭,不对,做过一次,好像是红烧咸鱼,糊了……

所以我就说了,刘太太是人生赢家,小时候做饭有爸爸,结婚后有老公。

这点,把我妈羡慕得不行。

很多人跟我说:"在这方面你不像山东人……"

这句话,我理解为,人家是在表扬我。

我喜欢做饭,不仅仅是因为想对老婆好,关键是我自己馋。我不做,就没得吃,其实可以说刘太太一直以来算是在蹭饭。

写到这里,我那110个520好像也没啥了。

如果在我认识的人中进行厨艺大排名,我算特别靠前的。当然,每个人的口味不同,也不能说我做的绝对就好吃,至少,在对食材的要求、火候的把握、色泽的搭配等方面,我还是被肯定的。

除了家常菜,我觉着我做的甜品也值得一提。传统的蛋糕我都挑战过了,基本没啥难度。四年前的一天,我翻微博,发现巴黎的网红花妈竟然会做马卡龙。

这是一种让我兴奋的甜点,因为我试做过,没有成功,就想挑战一下。

那个时候我不认识花妈,她微博有很多粉丝,我就私信她,说:你加我一下,我想学习马卡龙。花妈回复我说,最近她怀着老二,不方便教我。

我说:"我给你钱……"

我和刘太太一起去的花妈家。花妈挺着个大肚子接待了我们，我认为她是为了友谊才教了我一天。

我没学会。

回家试了几次，不成功，要不发不起来，要不没有裙边，不好看。

后来，花妈说："那你买我的原料试试。另外各种烤垫等也需要买我的，马卡龙是一种有脾气的甜品，你要慢慢来。"

果然，后来多花了钱后，效果不一样了，我做得非常完美，裙边和色泽都非常好看。我一炮打响了，周围的人都知道我会做马卡龙了。

接下来，几乎每个月我都做，圈子里称我为"马卡龙男神"，法国广播电视台的美女主播因为这个给我做了个专访。

企业做得不咋的，副业先火了。

在访谈中我抛出了一个论调，大体意思是：

马卡龙用料配比和温度控制特别难，严谨的人才能做出马卡龙。

为了收回我给花妈的学费，后来我也做起了老师，一大批人跟我学习，资金迅速回笼——我哪能做赔本的生意？

如今巴黎花妈成了我的朋友，我再学东西她终于不跟我要钱了。人家去年在巴黎圣母院附近开了个店，做甜品和私人定制菜系，生意也是好得一塌糊涂。我请她和她的团队来我家做过几次，没有让我失望。

因为什么都会做，我近几年在巴黎几乎不去餐厅吃饭，即使去，也就是那几家。鲁菜去"老山东"，粤菜去"大家乐"，湘菜去"福源丰"，杭帮菜去"家常菜馆"，河粉去"pho14"，火锅去"刘一手"，宴请去"香格里拉"或"华天"。

若隐若现的埃菲尔铁塔

多年前
我在家乡给父母买的房子,大家都满意
前后都无遮挡
是唯一的高楼
前后两个大阳台
为了增加厨房的地位
我把整体厨房放在了北边阳台上
妈妈做饭的时候
可以看到整个城市

妈妈说
如果天气好
就可以看到法国
埃菲尔铁塔若隐若现

住在铁塔附近的儿子

如在身边

妈妈前几天过 74 岁生日

跟爸爸同一天

所以每年,我要在这个时候回来一次

可以同时为他们俩过生日

感谢父母考虑得周到

找了一个同一天出生的人

省了儿子反复奔波

爸妈过的是农历生日

碰巧,今年老婆的生日也在这一天

同一个时刻,不同的三个人

分散在两个国家

大宝问我,为什么不留在巴黎给妈妈过生日

而回国陪爷爷奶奶

我没有给出理由,的确,这不需要理由

我只说,有一天你们会懂

老婆特别支持我

我说回去住两个礼拜吧

她不同意

说两个礼拜哪里够

好好陪陪爸妈，多住一阵子

今天中午在家跟妈妈一起包饺子
尽管妈妈七十多了
和面，擀皮，剁馅
我这个小伙子
根本比不上她
妈妈的饺子贯穿了我整个童年、少年
虽离家多年
但现在吃起来
味道没有丝毫的改变

我说，妈妈，我教你包一个新花样吧
她欣然同意
笑开口的花样饺子
她学起来，毫不费力
我吹牛，说我无师自通
她说，好厨艺，来自遗传
我又说，大宝他妈运气好
吃了我多年的饭
妈妈说，我很羡慕，你是个好男人
却又说
不管你是谁的男人，都永远是我的儿子

第四章

我的朋友遍布天下

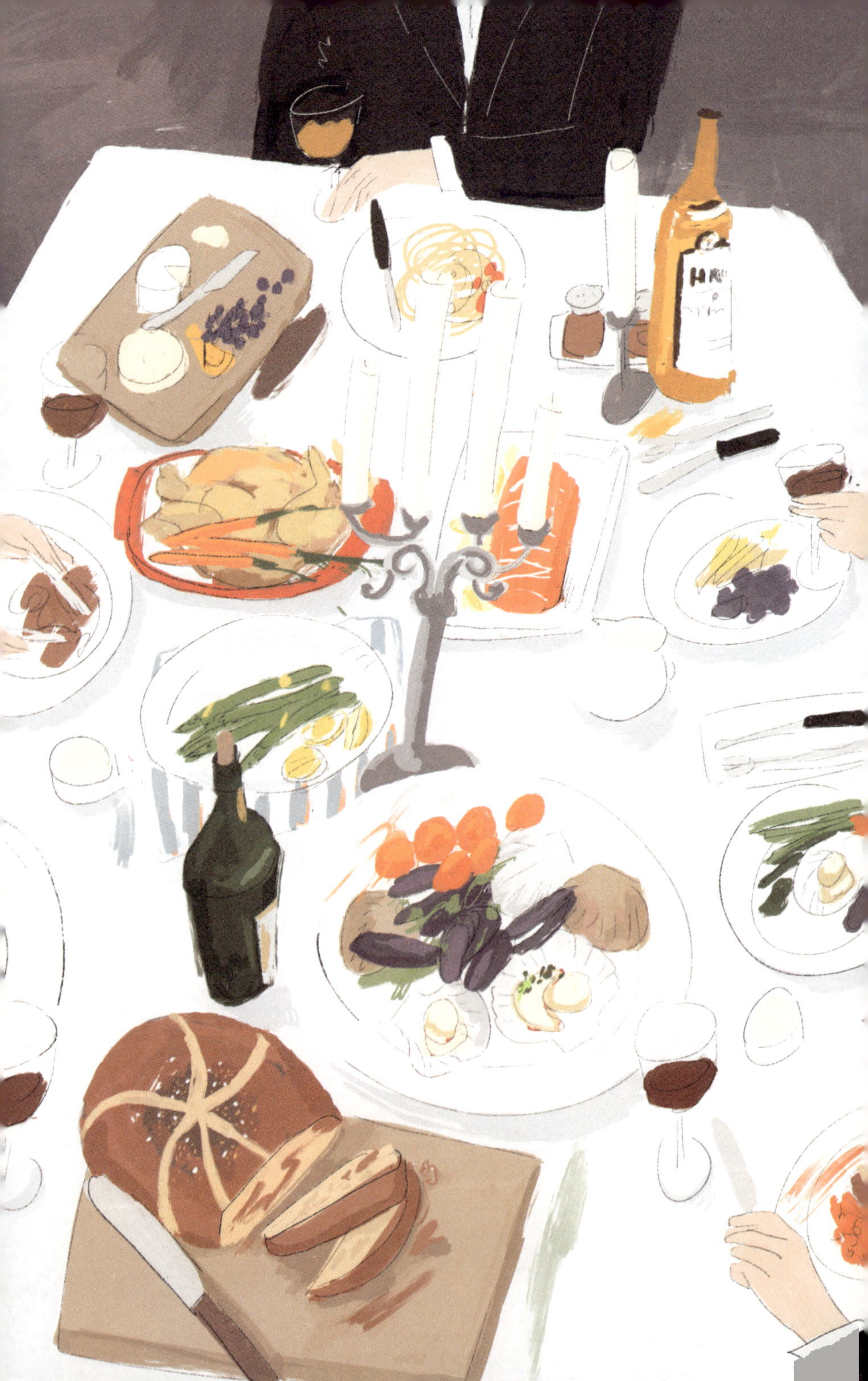

老大哥的情怀和细节

今天推出一个大佬,新东方教育集团的 CEO,周成刚老师。

有两个原因。

第一个原因,是昨天他在我的朋友圈留言,说虽然白天忙了一天,晚上还是把我的日记看完了。第二个原因,就是除了"我觉得他长得确实帅"这个原因之外,昨天我还碰到了他的老板,或者说是他的前老板俞敏洪老师,一起吃了顿饭。俞老师在这个私人饭局上做了个 15 分钟的演讲,我全程听得很认真。他回忆了改革开放 40 年来中国所取得的重大成就,他本人在历史的洪流中抓住了机会,最终成为人生赢家。

我也趁机用周老师"背书",狠狠公关了俞老师一下,并约了饭。

好几次回北京跟周老师吃饭,我都提议(暗示)周老师,想让他约男神俞老师一起吃饭,各种原因都没有碰上机会,后边我就不好意思再提了。

跟周老师的友情开始于巴黎,我们一见如故,商量了一下,决定做一辈子的朋友。我们平时交流非常多，聊天内容基本上是家长里短，有时候周老师会把他们在家里吃的清粥小菜拍给我看，同时跟周太太喝一杯红酒，既秀了恩爱，又拉近了我们的距离，我非常喜欢。

理论上，上市公司新东方有几万员工，一年应收有200多亿，周老师应该非常忙。但在交往的过程中，我又发现周老师非常细心，非常闲，这个境界我不知道他是怎么做到的。

这次回北京办首映式，我跟周老师说借他的车和司机用几天，因为临近大活动我非常忙，快接机前几天还没有跟周老师对接细节。周老师主动地联系我，告诉我车牌号、司机电话，还发给我车的照片，事无巨细。我到北京的那一天，还没有下飞机，周老师就跟我联系说他给司机打了电话，司机已经到机场了。

我对这件事特别感动，这不是友谊的问题了，这展示了一个老大哥的情怀和细节，说得更直白点，这就是送温暖啊。

格局。

这些我都铭记在心，也感恩我在北京有人啊。

其实，刚开始遇到这么大的老板周老师，我还是有点慌的，不知道咋交流。怕说错话，人家把我删了。

以前吃过亏，认识的大佬，我主动献媚太勤了，人家就不愿意了，觉着你咋那么着急呢？其实我真的不是着急，我那是热情。显然有时候热情过度不是好事。我必须声明一下，跟大佬交流我真的没有目的，就觉着，我肯定能从他们身上学到很多东西，仅此而已。毕竟我跟大佬差距太大，一起干点事情的可能性几乎没有，这点我心知肚明。

昨天，俞老师告诉我，他来巴黎，参观了施耐德和路易·威登基金会，当天晚上就写了 3 000 字的学习笔记。

创业几十年来，他每天工作不少于 16 小时。

再看看我，每天写 1 500 字算得了什么！我的老乡懂懂老师，每天写作不低于 7 000 字，10 年来从未间断，这才是牛人。

今天快写完的时候，吉利集团的 Boss 给我留语音，说谢谢这几天在巴黎的陪伴，并说准备看我写的日记。

好幸福，对吧？

家乡的朋友

回到家乡,经过必经之路滨河大道,在两个城市的交界处,总会看到一块很大的红色光荣榜,上边记录着为地方政府纳税过亿的企业家,这么多年,第一名的名字几乎没有变过。

每次路过这块牌子,我都有个仪式:一是告诉驾驶员开慢点,我要敬个礼;一是跟同行的人说,第一名的这个人,是我要好的大哥,骄傲得仿佛纳税的那个人就是我。

他是本市大名鼎鼎的人物,因为年龄略长我几岁,我就尊称他为老大。

除了老大,我还有几个玩得特别好的朋友,比如文雅得一塌糊涂的孙宝明,每次回国都鞍前马后照顾我的小满,以及老大公司的CEO张总。每次经过家乡,让老大组织聚餐,已经成了我回家乡最重要的小节日。

我回去一般都是临时通知,还会告诉他们,我只有今天中午有空,你们一定得来。这次为了成全我,老大取消了去杭州的计划,孙宝明取消了去苏州的安排，不过另一位哥们张总，听说我来了，特地出差去青岛了……开个玩笑，他是去送女儿，还特地跟我请了假，准备后续补上。

孙宝明也是个与众不同的帅哥。他跟我同龄，但是看起来比我小十岁，我总是怀疑他偷偷去瑞士打了针，他也没有否认。他有一句我非常喜欢的名言"是朋友就该猛烈麻烦"，深得我心。

他做事情滴水不漏，却又很谦虚。谦虚到什么程度？

我俩经常聊起高尔夫，我说我经常打，他说他偶尔打，有一次我们哥俩去了球场，我跟他比画完以后，到今天再也不打高尔夫了。

谦虚很害人，不过我很喜欢，他的处事风格要是在古代是可以做个宰相的。他的那一套谁都学不来。

还有位张总，是老大的 CEO。这是个高人，他跟随老大很多年，步步为赢，把老大的企业治理得井井有条，一年能上几个台阶。我最佩服他的就是，他通过不懈的努力，把老大"架空"得彻彻底底。老大每次到办公室，急得团团转，因为没有活儿干，更没有来请示汇报的，该干的都让张 CEO 给干了。张总在公司里不断说，大事找董事长老大，小事找我。可惜，在张总眼里，没有过大事。

据说，今年年终大会张 CEO 曾经客客气气地让老大上台做个总结，老大上去一句话没讲就下来了，因为过去的一年，除了管理张总，他觉着自己啥事没干，直接没啥总结的。

所以，他俩共同治理企业是一对绝配：一个做老大，大智若愚；另一个做执行者，有梦想，没野心。

日记中多次提到的小满是我在家乡的代言人。想当年他在巴黎混，通过朋友介绍后认识了我，觉着我牛，三番五次地帮我跑腿，大活小活抢着干，获得了我的信任。多年下来，成了我的好兄弟，后来回国创业，也是一个响当当的企业家。我不在的时候，人家都叫他满老板，人帅。不过这几年他在家乡创业看来很辛苦，不到三十，头发都没了。

第一次挑战在文章中写这么多人物，是因为我们这些人之间都有故事，这些故事有的发生在本地，有的则发生在欧洲，有的让人温暖，有的让人怀念，有的让人念念不忘。

无论故事是哪种风格，不变的情怀都一直在我们的友谊中延展着，我敢肯定，我们的友情将是一部巨著，这篇日记仅仅是简写版，我也在酝酿一个超级写实的剧本，来展现我们的友谊，剧中的人物大约超过一百位。

这些人都是我的日常，会经常出现在我的日记里。

面对朋友,当面说真话,背后说好话

跟复星集团的缘分得益于复星集团文旅总裁钱建农,我们在2009年第一次相识。

当时他跟郭广昌一起来法国谈收购地中海俱乐部的项目,我给他们俩当司机。那个时候,中国的企业在海外购买企业还算是吃螃蟹之举。

时光过去了十年。

复星收购的地中海俱乐部,从原来每年亏损两个多亿,到现在每年盈利四个亿,算是超越了历史,做了一笔大买卖。

地中海俱乐部的翻盘就是钱总一手操作的。而今天,他领导的复星文旅集团已经在香港上市,未来的市值用他的话来说,超过1000亿。

这不能用"牛"字来概括,要用"很牛"。

今天是复星年会,地点安排在静安香格里拉,盛况空前,全球合伙人悉数到场,很震撼。

我去听了听广昌总的演讲,受用。

因为我将要在巴黎投资一个新的项目,就想找钱总帮忙分析分析。我给他发微信,让他预留时间,并告诉他我明天就走了。但当天他的安排太满了,有好几场会谈,我见到他的时候,英国的合作伙伴正在排着队等他。

钱总为了给我一对一聊天的机会,跟英国人会谈的时候就把我一起叫上了,说:"咱们需要离开会场,否则人太多了,没有机会单独聊。"我就跟着他和那个英国人,以及钱总的助理一起,去了香格里拉的餐厅"夏宫"。他们聊,我在旁边等。

跟英国人五分钟就聊完了。他说那里也不行,太多人过来打招呼了,要再找地方。我俩就去了一楼的自助餐厅,在最里边找了个位置喝茶,算是有了私密空间。

我很详细地介绍了将要在巴黎投资的项目。他一边听一边问一边给我意见,最后他下了个终极结论,说我的项目靠谱,让我好好干,肯定可以做起来。

聊了大约俩小时,前半段时间我说他听,后半段时间他说我听。

他说的全是干货,我喜欢听他的创业心得。

钱总是经历过大场面的人。2009年,来复星之前,他就把连锁药业海王星辰集团送上了资本市场,当时他是 CEO。

来到复星的时候,他是新人,相当于一张白纸。当时郭总跟他商量,说来了先做着,去豫园做个董事长,或者去复星药业集团做个董事长,这些都是成熟的板块,很好切入。

这个建议被钱总拒绝了。他说,他去了复星,就是希望尝试不一样的自己，做不一样的事情，他愿意从零开始。

当时的复星，在传统的四大板块里，是没有文旅这一块的，钱总觉着，这一块代表着未来的方向。

十年磨一剑，钱总带着他的创业团队从无到有，硬是给复星开辟了这么一个新产业。在钱总的领导下，他们收购了地中海俱乐部，收购了英国的托马斯库克，新建了亚特兰蒂斯……这些项目没有一个不成功的。

上个月，复星文旅集团整体在香港上市，钱总的事业版图有了新的进步。

在最初的五六年里，钱总去巴黎的时候，我们还有时间一起吃饭。近几年，他的每一次到访都是安排得满满的，我去见他也就是早餐时间了，有时候早餐时间也没有。

钱总对我非常好，有几个原因：第一个，我认识他时间长了，相互知根知底。第二个，他是半个山东人，他在山东大学读的书，我是山东人。第三个，我们的背景相似，他在德国十多年，我在法国十多年，我们都有留学情怀。

我这么写也是为了表达，我的未来好像也行。

认识大佬容易，跟大佬交朋友谈心却很难，我的自我感觉为什么良好，就是因为我跟这些人不仅仅是认识，还是朋友。

例如，今天在会场碰到郭总，他就问我怎么也在，我说我要跟他拍个照片。在会场上，好像只有我要求合影了。

而且目前他的现状是如日中天，前途更加不可限量。

未来他会不会成为中国商业收购和运作中的大哥大呢？我认为可能性很大。

钱总每次见我都会表扬我，不但见面表扬，在别人面前也在表扬，这种表扬和肯定的前提，就是我这十年来也是进步了，如果我还是十年前开车的司机（不过那个时候我也不仅仅是司机），到今天见到这些大佬的机会就是零了。

差距太大的话，见面就没有话题了。聊什么呢，聊开车爬坡挂几挡最省油吗？不现实。

这几天在上海，嘉豪一直在陪着我，他跟郭总也很熟，郭总前几天去他的企业调研过，想投资嘉豪的婚旅帝国，我看好他们。

跟嘉豪喝多了的时候，我们一起探讨怎么才能在这个圈子里交到朋友，站住脚，他说了一句话，我要写下来跟你们共勉，

他说，面对朋友，当面说真话，背后说好话。

这个简直就是个真理，不行你们试试，照着这个路子走，你的朋友圈就会越来越牛。

那些在背后说别人坏话的人，下场都会很惨，人前一套、背后一套，做不好，也不会做好。

我的朋友遍布天下

杭州和临沂一样，都算是我的家乡。

我和临沂方文的关系有点特别，不知道怎么去表达。记得认识他的时候他说："刘哥，我的圈子非常小，就那么几个人玩，欢迎你也进来。"结果，不但我进来了，我带着木兰和小满都进来了。这几年下来，朋友升级为兄弟，火热。

家乡的这帮兄弟姐妹们确实成了我的靠山。我虽在国外，安全感却爆棚，家里的父母亲人被照顾得妥妥的。当然我每年回国四五次也是联络感情的保证。

杭州是山东之外我最被待见的地方，这个城市我有人。除了有人，还有一个最大的特点，就是它是我创业和发展的重要基地。我做的所有生意几乎都开始于杭州，未来也不例外。

昨天我来杭州，注册了一个公司，真正看到了"浙江速度"。

我给自己的公司取名为"禾曦娇"。这是一个互联网科技公司，禾曦娇是我三个女儿的中文名字，一个是傲禾，一个是傲曦，一个是傲娇。"禾"字打头，就是说明公司刚刚成立，是一棵禾苗；"曦"字居中，是希望公司能够沐浴着发展的阳光前行；当然"娇"字结尾，寓意就是"禾曦娇"注定会成为一家伟大的企业。感恩三个孩子，将来你们会跟我共同进步，并肩战斗。

注册手续一天就完成了，政府现场办公，银行也是全力支持，速度全国第一，真正的浙江效率。

我人生的再一次创业还是选择了这个城市，因为杭州算是我的第二故乡，也是我的风水宝地。

在浙江，我的朋友遍布全省。

杭州有两个重要的人，一个姓钱，一个姓金。钱姐姐是做女装的。她十多年来开了一千多家店，营业额即将干到 100 亿，一个双十一可以做到 3 亿。我最担心她数钱数到手抽筋。金老师也是做服装的，规模稍微小点。不过她最近开设的母婴中心、参与的 NLP 培训（Neuro-Linguistic Programming，"神经语言程序学"的缩写）是一门研究人类大脑如何工作的学问，主要针对成功人士进行头脑的训练也是风生水起，生意越来越大。金老师自己还创立了世哲希望小学，公益情怀令人钦佩。

这两人被我们共同定义为家人。

杭州的万千朋友中，还有一个，叫松松，去我家吃过饭。凡是去我家吃过饭的人，回国之后都对我表示出超高的接待热情，松松也不例外。

后来我去了他的杭州办公室,场面很震撼,几层楼,一线江景,江对面就是 G20 中心。

松松跟我同龄,在同龄人中,他的圈子是最牛的。我觉着自己已经很能忽悠了,但在他面前,功力还是稍微差了点,他是真能说。

认识他很偶然,当时复星集团文旅板块的总裁钱建农在巴黎,跟我说:"刘胜,我给你介绍一个牛人。"一顿饭的工夫,松松就打算回国送我一台电动车,大气。

因为这台电动车,我又认识了鲍文光……然后,共同衔接了一大批大佬。

世界上有些事情就是缘分。晚饭后刚进酒店,就看到酒店大厅有个接待台,写着"丰田汽车 2019 全国销售会议"。天哪,这里边我肯定有熟人。

我赶紧给我人生第一个老板常晓南发了微信:您在杭州?

他说,是的……

朋友高顾

高顾是我的朋友。他是一个从天上到了地下,最后掉到了阴沟里的典型人物。曾经的他光芒万丈,今天的他却让人唏嘘不已。

高顾仅仅比我大六岁。十年之前他在上海一个上市公司做高管,负责融资并购。一个非常巧合的机会,我在巴黎接待了他。他给我的第一印象是,他天生就是一个生意人,无论面相还是做事风格,都适合在商业圈中混。

聊天的时候我才知道,他出身特别贫寒,是大别山里的孩子,有四个弟弟妹妹,父亲早逝,母亲一个人拉扯着五个孩子。只有他算是走出了大山,其他人还处在贫困状态。

出身有时候真的很重要,一个穷孩子,见了太多的钱,不一定是个好事。

这个是后话。

认识高顾的那个时候，融资行业很疯狂，市场上的热钱非常多，加上他有上市公司背景，为人豪爽，年轻有为，身边的人围了里三层外三层。

他总是给人一种假象，觉着他做什么都可以成功，因为他的朋友遍天下。

我遇见他是因为他带领着团队来巴黎考察，我帮他开车。

服务了一天我就看明白了，他们是在做融资并购。

做融资并购并没有那么容易。衡量高顾业绩的标准很简单，就是你融来的钱或者并购后的企业有没有给总公司产生利润。简单地说，你买了 A 企业，这个 A 企业再牛、你买得再便宜都没用，关键要看，经过重新的包装运营，它能否卖一个更高的价格，或者估值更高。

高顾一行，我接待了三天。因为种种原因，我们非常投脾气，相互都很认可，唯一让我担心的就是他胆量太大，出手太大方了。

有一个细节，就是我们去看古巴雪茄，巴黎有个小众的专卖店，专门做限量的雪茄，他非常喜爱，过去之后就直接把大部分雪茄给包了，一支好的雪茄上千欧元。我在他买的过程中也表达了试试抽一支的想法，他随手就送给我 12 支，一万多欧，不要都不行。

那几天，在跟高顾交流的整个过程中，他表达的主题就是"钱太好赚了"……

我那个时候还处于见钱眼开的境界，对他崇拜得五体投地。

分别的时候，高顾跟我说，回北京可以找他，有什么事情也可以找他。

我说，高哥，行。

我后来回北京，和他见了几次，每次都是楼堂会舍，前呼后拥。微信出现后我们就加了微信，一直保持了联系。

2013年的时候，他又来巴黎出差。我请他吃饭，感觉他整个人状态一般，压力很大。他跟我说这一行最近不好做，羡慕我在境外的无忧无虑。我们喝了点酒，他竟然问我："我来巴黎给你打工如何？"

我吓了一跳，总觉着他在开玩笑。

那一次见面后，我们就再也没有见过。

2014年5月4号，早上，我记得很清楚，我收到了他给我的最后一条微信，说：朋友，我最近遇到了点麻烦，看在以前我们这么多年友谊的分上，请帮我照顾一下家人，我弟弟的手机是137……

我赶紧回过去，问："高总，你什么情况？"

那边再也没有回复，后来我明白了，那条微信是群发的，因为用了"朋友"两字，没有具体称呼，看来当时情况比较危急。

后来我才知道，因为在融资并购中多次关联交易，收受佣金返点，涉及金额12亿，高顾被立案调查。

2015年底，高顾获重刑，这一辈子出不来了。

我做了两件事情，一个是给他写了一封信，让他弟弟转交；第二个就是给了他弟弟6万块钱，也算是有个交代。

我曾经给他弟弟发微信，说想回去看看高顾。他弟弟说，他谁都不想见，算了吧。

我理解。

可惜了,那个曾经意气风发的王者再也回不来了。

所以,最近我常常在思考,人的一生应该怎样度过。重新规整以后,我觉着活在这个世界上,有两点至关重要。

一个是健康,我们还活着。

另一个是安全,我们要好好活着。

至于后边的几个零,有时候是天意。

第五章

奔跑吧，少年

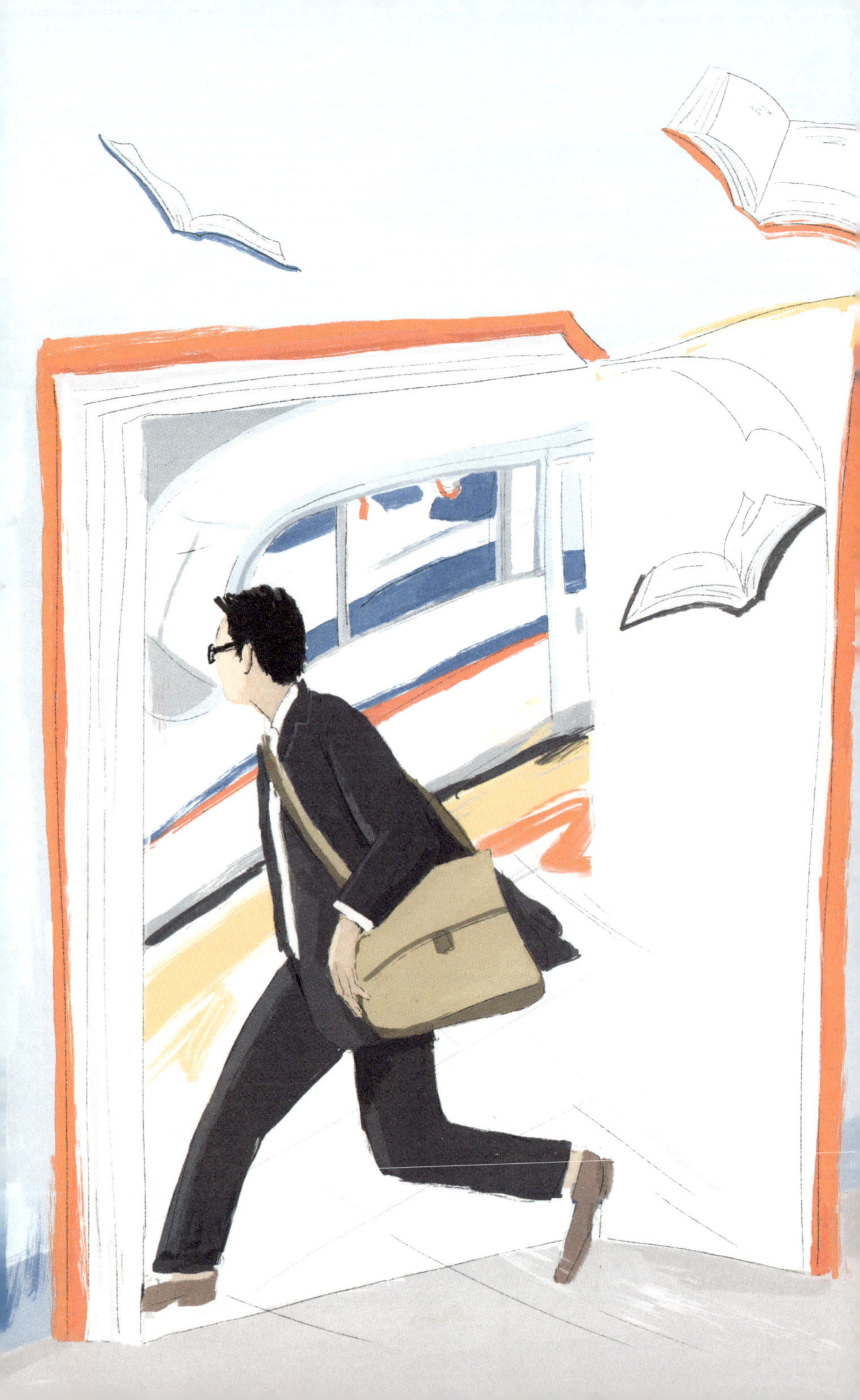

深处想，浅处活

我的人生哲理很简单，深处想，浅处活。

其实吧，在这个世界上，只有一个人值得去讨好，那就是我们自己。所以，很多接触不久的人感觉我活得挺肤浅的，朋友圈发的都是类似炫耀的掌声和鲜花。但是，一旦跟我深交，又感觉我这个人很有深度，有自己的魅力，能够抓住人，抓住内心。

这真的就是我。

曾经有一个微信朋友跟我吐槽过，说："胜哥，你天天发你的城堡豪宅，不累吗？"吓得我赶紧翻了一下自己的朋友圈，看完后放心了，一是我没有天天发，二是我也没有炫的成分。

我平常的日子就这样，你让我低调，我的条件不允许啊。所以，你能否真的往深处想想，我到底是怎样的一个人？

昨天我在《相遇从不恨晚》的首映式上说过，生活眷顾了我。之后我发了篇日记，那篇日记下有无数的留言。我看出来了，都是由衷的赞美，你们是真的为我骄傲。

昨天的活动值得我写上 108 次。在主席台上，主持人的从容大度和密切配合让我们钦佩不已。但是你们可知道，马晓静老师和从万里之外飞来的王海晨付出了怎样的努力？他们整个上午都在认真地对台词，一遍又一遍。活动结束后我上台拥抱了他们，我对他们说的第一句话就是：跪了。

法方这次出动了豪华阵容：旅游发展署、驻华使馆全都上阵了。所有人都对我竖了大拇指，这肯定不是给我一个人的，而是给大家的。

家人和朋友来了一百多人，不远千里，不远万里，这种跟我互动的方式给了我鼓励。真的，作为一个曾经一无所有的人，我拥有了你们给予我的最大财富，并享之不尽。

北京的冬天温度很低，但我并没有感觉到寒冷。昨天夕阳下，北京电影学院校园那种清澈的美，让人心醉。二十年前我刚来到北京时，可曾想到，有一天，自己能拥有这样精彩的生活？

昨天我整个人精神很紧张，神经一直紧绷着。活动结束后，有点要垮了的感觉，临近结束，一句话都不想说了，就赶紧睡了一觉。

刚刚醒来，又是北京的半夜，巴黎的下午。

孩子们还没有睡觉吧，我突然很想她们。她们是我奋斗的最大源泉，给了我无穷无尽的正能量，让我在家柔软，在外刚强。

刘太太八百年才发一次朋友圈，这次发了一张我的首映式活动，配了一张我帅帅的照片。她说过，没想到有一天会晒老公，她爱我真到了骨头里。将近二十年在一起的青春，并没有磨掉我们的激情，曾经激情如火的岁月，一直在日子中无穷延展。我真的跟她看到了未来，看到了一个相濡以沫的、永不背叛初衷的未来。

在酒店里写文章，我没有开灯，窗边淡淡的月光照进了卧室，宛如那年初冬的深夜，因为拥有了我们一起谱写的生活，我感到如此的温暖。

唯美的感受，就如你，如我们第一次的惺惺相惜，不恨晚，不辜负。

相遇从不恨晚

北京的天就我举行首映式那天是蓝色的。这几天都雾霾,能见度非常低。我的习惯是一旦视野不好了,行动力就会受限,哪里都不想去了。

家乡的土豪今天很早给我留言,说晚上吃正宗的澳门海鲜火锅,并补充说是北京最好吃的火锅,在国贸。

我回复说不去了。主要原因是这几天一点自己的时间都没有,晚上还有个工作晚餐,准备早早结束后休息一下。

或许一会儿去理个发。

法国旅游发展署署长一行非常开心,这次来华,无论是第一天的欢迎晚宴,还是第二天的首映式,乃至于参观游览,事无巨细,我们都安排得妥妥当当,也加深了法国旅游发展署跟"远海渡凡"的长期战略合作伙伴关系。

影片《相遇从不恨晚》今天在全媒体正式播放了,点击量惊人,光新浪媒体几个小时就突破了100万,受欢迎程度非常高。

当初导演让我为影片取个好听的中文名字，我们俩碰完剧本之后，我说，就叫《相遇从不恨晚》吧。他说什么意思，我说就是 see you never later。他一下子就喜欢上了，并说，确定，就是它了。并且他觉得这个名字给了他灵感，后来电影里那个"没有真正遇见"的结局就是配合这个主题而设计的。

所以现在看来，我的这个 IP 真的被接受了，我很欣慰。

机会不等人,需要赶两步

我是一个特别善于思考的人,最近坐地铁比较多,发现了一个有趣的现象。

坐地铁什么时候最紧张,就是离地铁还有 10 米,突然听到响铃,知道地铁将要关门的时候。这个时候,内心的第一反应就是赶紧跑几步,上车。

如果离地铁还有 50 米,听到响铃你就不会太紧张,因为反正赶不上,赶下一班吧,慢慢悠悠的,多好。

但是我们永远不知道下一班地铁是否按时来,也许永远不会再来。

赶地铁好比抓机会,所有的成功者、奋斗者,越接近机会越紧张,越有动力,越有爆发力。当感觉有机会,机会却不在眼前的时候,我们就没有那么在意了。

机会不会等我们,有时候我们需要赶紧走两步。

前几天看学友的演唱会。

演唱会可真是个大镜子,把社会照得清清楚楚。学友的演唱会据说抓逃犯一流,虽然在巴黎好像没有抓着逃犯,但这面镜子还是照亮了生活的现实。

我在第三排,理论上第三排比第一排还要好,你看我首映式的VIP大部分从第三排开始排位置,因为太靠前了视野不好,抬着头还累。

本来演唱会买的都是坐票,大家一开始的时候还规规矩矩地看。学友一开始互动,第一排的赶紧站起来照相,没有人制止,其实制止了也无效。后边的人,因为前排站起来了,他们坐着看不到,也赶紧站了起来。以此类推,为了看到学友,所有的人都站起来了……

这就是演唱会的座椅效应。

当有一个人不遵守规则的时候,如果没有人对他加以约束,最后的结果就是,大家会为了自己的利益,一起破坏规则。

这样,大家的坐票,最后全都成了站票。

舞台上的王者不懂啊,就看到了现象:你看,全场人都站起来了,为了我!这个气氛,这个号召力……

他咋能知道,坐下,我就看不到了啊。

当然学友的演唱会,我们是心甘情愿地站着的。

我怕这篇日记学友会看到。

这使我想起了我卖酒的经历。

我所有的大客户,订单超过 10 万的那种,都是自己决定的,不去参考周围的价格,也不去问周围的朋友。

一旦遇到客户跟我说"好的,我去问问我老公""我去问问我朋友""我去问问我的客户"……就没有一个能成功的。这种客户，直接放弃就好。

因为他们会先去比较价格，再去征求意见，一旦信息环绕，这单生意就难了。当然，我不是怕比较价格，但是七嘴八舌这么多人参与意见，这样的生意做起来累死人。

所以，无论如何，大家跟我做生意的时候痛快点，这样我也痛快。你让我赚到钱，我也会让你少花钱。

前几天一个朋友客户跟我要拉菲，定了60瓶，几十万人民币，也不是大单子，钱很快就给了我，接下来让助理交接。

助理昨天联系我，说："刘总，你拉菲的报价比我朋友的高，我香港朋友的更便宜。"

我回复说："我有150元人民币的大拉菲，你要不要？市场上永远有更便宜的，关键是，你老板喝吗？你老板之所以跟我买酒，就是看中了我的渠道，你现在拿老板最不关心的价格跟我聊，你问过老板了吗？"

我做生意还是比较强势的，因为我有底气，我的价格就是个标杆。

沟通真是个技术活儿

人与人之间的交流真是值得探讨。沟通真是个技术活儿。

沟通不好，不到位，会出大问题。

前天我打电话给某个中餐馆准备订位，前提是我跟老板挺熟的，但是打电话的时候老板不在，是服务员接的。

我：请问你们老板在吗？

他：老板不在，你怎么了？

我：我想订个包间。

他：那个有最低消费的。

我：老板什么时候回来，我跟他说一下。

他：老板什么时候回来，你得问老板……

我：那今天晚上人多吗？

他：这个我不能告诉你。

服务员的回答好像也没有毛病。不过沟通到这里之后，我真的就没有兴趣继续说下去了，礼貌地挂断，果断地换成"刘一手火锅"了。

我给徐康打电话，人家那态度好的，吃完饭小费我心甘情愿付了 20 欧。

人在这个社会上如果要舒舒服服地活下来，第一个要素就是要学会说话，如果学不好，学会不说话也行。

有人说，我们用三年学会说话，却要用一生学会闭嘴。千真万确。

记得刚上大学的时候，我还真是朴实无华。到什么程度呢？就是说话连礼貌用语都不会。直到有一天我的班主任王老师找我谈话，他问我："刘胜，你说话怎么总是缺个心呢？"

我说："缺心？"

王老师告诉我："你跟长辈、领导、老师说话的时候不能直接用'你'，要加个心，变成'您'。"

我恍然大悟。

这次谈话一直让我受益到现在，从那个时候开始，我才真正开始学会说话。

中国自古以来就说"礼多人不怪"，确实，跟不算熟悉的人沟通交流时，需要特别谨慎。每个人的特点不同：有些人大大咧咧，直接沟通就好；有些人非常讲究，每一句话都需要拿捏分寸。

最近我跟一些朋友讨论最多的就是三观，特别是价值观，再通俗点就是对同一个事物的看法。我一个朋友的孩子在法国留学，前几天来我家吃饭，聊起了他的女朋友，他说，准备分手了。

我说："我记得你不是说挺好的吗？"他说原来觉着挺好的，现在感觉过不下去了。

他举了个例子，比如说吃饭，女朋友喜欢西餐，他喜欢中餐。他说，这个差别没有啥，因为个人喜好不同，都可以理解，最要命的是，他吃中餐点菜的时候，女朋友总是抱怨他太土了，怎么会点"肥肠"这么恶心的东西。

我听了果断地支持了这个孩子，分手也行。

因为这不是个人习惯的不同，这是价值观完全不一样，对同一个事物的看法差异化太大。你觉着天经地义，她觉着伤天害理。这样的情况，是过不到一起的。做普通朋友可以，但将来长期在一起生活，就是找罪受。

奔跑吧，少年

最近忙，空闲时间确实少了，同一栋楼里的中国同胞、在某法国公司工作的吕倩找了我好几次都没有约上。

不是我不在，就是她出差。

今天早上我来办公室的时候，在大厅遇见了她。她问我有没有时间，正好请教我几个问题，说得很客气。我说："来吧，来我办公室聊会儿。"

她认识我没多久，也就几个月，在同一个欧洲旅游大群里，她加的我，说是看到我的头像后就认出是我了，她关注我的公众号很久了。

"很兴奋，"她说，"没有想到还能认识作家。"最近她又喜欢上我的日记，经常点赞评论，黏度更高了。

到了我的办公室，我说："你喝点啥？"她说："有咖啡吗？"我说："我让同事给你拿过来。"我自己泡了一杯茶。

她很惊讶我不喝咖啡。在她的意识里，我应该很法国化了，其实，并不是。很多人问我，喜欢法国还是中国？我的回答是，还是喜欢中国，因为生在中国，并在中国成长到了25岁，很多意识形态都是扎根于中国文化的，根深蒂固了，我退休后，肯定回中国生活。

吕倩是温州人，爸妈很早就来法国了，她七岁就在巴黎了，到现在也快二十年了，长了张中国面孔，其实是百分之百的法国人，言谈举止和气质形象都本地化了。

不过她最自豪的是，中文没有丢，听说读写跟我的水平差别不大。

所以我能够理解她为什么可以看懂我的文章了。

她很好奇我的年龄，因为法国人见面不打听年龄，她问得很委婉，她说，看日记我跟刘太太快二十年了，但感觉我年龄不是特别大。我就笑着对吕倩说："你就直接说想知道我多大吧。"

她说："是的，哈哈。"

我说："我，四十……多了，四十一吧。"她说，我看起来也就是三十五。

我赶紧让同事又泡了一杯咖啡。这眼力，必须表扬。

"你来不是打听我的年龄的吧？"我问吕倩。她说："刘老师，我有个事情最近特别困惑，你来法国多年，创业那么成功，肯定可以给我建议。"

原来，吕倩面临着一个选择，她的爸爸妈妈经营了一个烟草专卖店（TABAC），现在要退休了，家里就她一个孩子，希望她接手。她呢，在犹豫。有两个矛盾点，一个是她目前的工作很轻松，一个月两千欧元，虽然不多，但她的爸妈房子也给她买好了，家里也有钱，创业的动力不大。另外，她觉着爸妈创业不容易，这个烟草店经营了将近二十年，很有感情，也很稳定，但是做起来要起早贪黑，很辛苦。

她问我的意见。

大部分人问我意见的时候，我一般是直接回答的。有两个重要的原因。

第一，那个找你问意见的人，其实自己内心里已经有了主意。别人问你意见的原因，就是希望你的观点跟他类似，以此来坚定他自己的想法。你的意见再好，都不会让他有所改变。因为潜意识里，他的答案已经很明确了。

第二，如果你提供了一个反对意见，也就是说跟他内心的主意相左的意见，除了给他和你增加烦恼之外，并没有多大意义。

像吕倩这个事情，我的意见不重要。她问我，是想要寻求支持。我需要智慧，来判断她的决定，并给她支持，因为她的答案已经在心里。

对我来说，这需要一点冒险，因为她约了我好几次，肯定不希望听见我说"都可以"。如果我这么说，她会很失望，感觉"刘老师这人不行"。

其实她的倾向我已经把握了，她倾向于接班创业，否则她不会找我这样一个创业者给她意见。她之所以认可我，就是感觉我的这段经历让她肯定，或者说是欣赏。再加上在平常的接触中，我感觉她还是一个善于开拓的人，有自己独立的思想，具备创业者的素质。

粗略判断之后，我给出了自己的意见。我说："吕倩，我建议你继承你爸爸的事业，并更上一层楼。"

吕倩听了很兴奋，她说："刘老师果然跟我是一路人，我也是这个想法。但是我的男朋友（法国人）不想让我这么累，不过，我不会听他的，能不能走到一起还不一定呢。"

事实证明，我的判断是对的。事实也证明，当她问我意见的时候，她已经有了自己的主意，并不可改变，即使她的男朋友都不能改变她，何况刘老师呢。

生活很有意思，如果分析透了，我们会省去很多麻烦。在理解了人性的基础上，经验是解决问题最好的依据。

我欣赏吕倩的决定，我觉得年轻人就应该投入到轰轰烈烈的奋斗中去，趁着年轻，有闯劲，有激情，有体力，为什么不干一票大的呢？反正创业前是一无所有，失败了，顶多从头开始，而所有的经验教训都会辅佐我们在未来的路上，快马加鞭。

我一直认为人与人的差距，三年就够拉开了，而且差距只会越来越大。这个时代你稍稍有点松懈，就会被人抛下。想当年跟我一起来法国的人，有的还在为吃喝发愁，有的已经超越了我很多，做了很牛的大老板。

人比人，吓死人。

前几天俞敏洪老师说，他的基金会投了二百多个创业项目，所有项目负责人的平均年龄只有 27 岁，说得我一身汗。我总是在问自己，这一辈子还有没有机会，但是一想到任正非 43 岁才开始创办华为，我就自我安慰，也许还有两年可以等。

老一辈的人总是喜欢说稳定一点好，工作稳定，一辈子不愁，就是最大的幸福。但是年轻的时候越稳定，到老了有可能越着急。年轻时舒服的日子过久了，那些难过的日子到老来还是要补上的。

我的初中班主任，现在是全国著名的教育专家——王金战老师——曾经跟我说过，人生的苦难是个常数，年轻人就应该多受苦，等我们可以挥挥衣袖退休的那一天,回首往事,回首那些披星戴月的日子,回首那些披荆斩棘的岁月,心里的成就感,会给予我们一个万般轻松的晚年。

奔跑吧,少年们!

跟你们共勉!

创业就是资源变现

巴黎有家火锅店叫"刘一手火锅",是我的朋友李冰斯开的。我吃火锅第一选择是去他那里,除了好吃之外,他对我热情也是原因之一。他对我一口一个"哥",特别亲。

我做导游的时候,李冰斯虽然年龄比我小,但是入行比我早,情商特别高。我们俩当时都算是一无所有,只要碰上,就相互吹牛,谈梦想。

导游这个职业很特别,容易让人迷失,因为来钱有时候太快了,一旦沉迷其中,把握不好这一辈子就可能拔不出来了,带团容易上瘾,总想着下一个团弄个大的。

当初跟我一起做导游的大部分人,到现在还是导游,饿不死,也撑不着。但是有一些导游有了原始积累后及时转行,在创业中找到了自己的价值。

李冰斯算是其中一个。他刚开始在巴黎做的火锅店叫"一家火锅",做了几年,很火,做着做着跟国内的"刘一手火锅"集团搭上了线,把"一家火锅"改名为"刘一手火锅",正式开始了代理"刘一手火锅"

欧洲业务的步伐。

目前,"刘一手火锅"的欧洲业务在李冰斯的带领下,突飞猛进,相继在西班牙、意大利等地开了分店,巴黎的第二家店也在筹备中,计划未来在欧洲开 59 个门店。

今天,他带着自己的团队过来,要说服我入股巴黎第二家"刘一手火锅",想做成欧洲旗舰店。

我对做餐饮一直非常感兴趣。按照我的规划,如果将来真的功成名就,退休后就跟刘太太开一个私房菜。我炒菜,她收钱,高兴了就开门,不开心就关店,只接待喜欢的人,所有看过我日记的读者一律半价。

李冰斯找我,基于两个原因。一是我在巴黎有广阔的人脉、一定的号召力和资源,加上我的网红潜质,朋友还有读者被我导流入店的可能性很大。今天我在巴黎差不多有一万读者,两年后有十万读者,这个优势会给门店带来生意。第二个原因,他非常认可我,我们从同一个平台起步,从最初的积累到今天的小有成就,三观相似,有很多共鸣。

他说服了我,我准备投资。

其实这么多年,别人投资过我,我也投资过别人。我做生意的心得就是:找对人,干对事。而成功的决定因素就是人。

我觉着李冰斯不错,人品过硬,这么多年来,他从一个一无所有的学生,艰苦创业,勤勤恳恳,从一个店做到几个店,把握机遇的能力很强,未来绝对是一个企业家。

我看好他,所以未来"刘一手火锅"巴黎二店,我会大力参与。

借着这个机会,干脆跟大家聊聊创业。

最近小黄车的事大家都知道了，ofo 团队从获得 150 亿的融资到今天跌落神坛的过程，应该引起我们创业者的反思。

什么叫创业？

创业其实就是资源变现。注意，是先有资源，再有创业，不是相反。

把不管是什么资源，多年的经验资历也好，人脉也好，技术积累也好，变现换成钱，这个叫创业。你要没资源，能整合资源也行，从某种意义上说这更牛。

很多人不明白这个道理，弄不清楚什么是创业、怎么创业，头脑一热吃饱了撑的就去创业，其实那种激情创业应该叫作慈善扶贫，本质是拿自己、父母的积蓄乃至投资人的钱，去给别人发工资。在创业中充当韭菜，被时代收割。

另外，创业中商业模式的选择也是至关重要的。如果一个商业模式以前从没有出现过，千万不要尝试，失败的概率太大。最好的方法是把原有的传统业态或模式，用新的技术手段重新做一遍。这个一旦成功，就是颠覆性的。

这个社会衡量一个人够不够成功，从来不是看你在巅峰时能够有多伟大，而是看你在身处低谷时是否有能够触底回升的毅力。人生短短几十年也如一场马拉松长跑一样，太多的创业者始乱终弃，而能够在漫长商业长河中功成身退的创业者寥寥无几。

有时候，我们不得不承认，并不是每一个人都适合创业。在全民众创的时代，并不是每一个看到风口毫不犹豫往下跳的人，都能成为风口上的猪，其实绝大部分的人都摔成了肉饼。

跟你们共勉。

为朋友服务本身就是一种价值

昨天晚上,临沂赵总喝多了,发了一个红酒瓶子的图片给我,问这个酒我有没有,多少钱。

他每次喝酒都喜欢发个酒瓶照片给我,问我酒怎么样,什么价格。

认识我之前,他发的红酒大部分都是假的,即使是真的,价格也不超过3欧元。

有时候他发过来的酒标假得厉害,拉菲的字母都拼错了,有的红酒标是金属的,包着保鲜膜,一看就是国内罐装的。

我很心疼,心疼我的酒怎么没有卖给他。

经过差不多一年苦口婆心的"教育",现在赵总除了我的酒,别人的都不喝了。

赵总说昨天的酒特别好喝,是他出差新加坡遇到的。我一看,好酒,二级庄,马上就表扬了他,经过这么几年的培养,口感算是到位了,终于不再拍三欧元的酒发给我还说"好喝"了。

我卖酒有些套路。一般朋友在晚上七点半左右最容易买酒,因为这时候喝得微醺了，胆量大，容易夸海口，下大订单。

赵总也不例外，听留言，昨天估计有点喝高了。

我说："这个酒我有，你觉着好喝，我给你运点。"果然，赵总一听就说："要啊，必须要，这么好喝的酒，刘哥，你有多少？"

我说："我有两千多瓶吧，均价450元人民币，差不多100万，你都收了吧，这个二级庄的酒，可以放几十年……"

"行，刘哥。"

其实就这么简单，一个100万的订单。很多人会觉得，你刘胜吹牛吧？我还真没吹，因为对赵总来说，他的100万相当于我的1万。况且，他每年在我这里买的酒，都不止100万。

还有一个关键，就是我们的关系好，真好。

今年临沂过100万的客户有几十个了，以前有的朋友喝酒是乱喝的，认识我之后，再也不乱喝了。我家乡有个妹妹是做房地产的，让我去喝了她的酒，通过另一个朋友买的。我尝了一下，一股塑料味，确实不行。后来她开始进我的酒，一次性购买的量也是过百万，而且是持续购买。

这一辈子喝法国酒，他们应该都不会离开我了，我有这个信心。

前几天我跟一个大佬联系了。在巴黎加了他微信之后，我从来没有跟他联系过。

我就想，这么大的老板一定是喝酒的，我就把我的拉菲和康帝推荐给了他。我说："老板，这是我刚刚到的拉菲，原包装未动，上海出关的，您要不要试试？"

他很感兴趣，只是看了一眼，说："你的价格略高。"我解释了一下，我说："我这个酒每瓶加了 100 元人民币，不是想赚钱，就是觉着，我是做酒的，如果不做拉菲，让人感觉不专业。其实没有人敢在拉菲酒里加价，您这次选择我试一试。江湖上的酒有便宜的，但是我敢说，鱼龙混杂。"

他表扬了我一句，说："你说得对，做红酒，为朋友服务本身就是一种价值，我要一部分。"

我表示感谢，我说："咱们的圈子没有啥交集，唯一可以介入的就是我每年给您运点好酒了。"

通过红酒进行有效社交，是当今社会的一个需求。不要去肆意销售，要学会察言观色。

其实我的销售策略特别简单，就是掌握好老客户的消费进度，对新客户不停地旁敲侧击，告诉他们，我的酒是专业的，也是性价比的标杆。另外，我的渠道正宗，必须说明的是，渠道是整个红酒链条中最重要的。

谁能证明自己的拉菲是真的？拉菲每年产量 26 万瓶，中国一年消费 300 万瓶不止，算一下就知道，大部分是假的。

那刘胜你证明一下你的拉菲是真的吧？

我也无法证明，但是，信任我，就会信任我的拉菲。

我跟很多人讲过一个道理，我说，就凭我的情商智商，我不会卖假酒牟利，因为在江湖上混，早晚都要还的。

我不会为了赚钱去冒险。因为代价太大。生意场上人设坍塌，可就永远回不来了。

红酒生意中最能折射人品的，除了真假还有定价。法国市场的酒大部分是 5 欧元的，到了中国，清关后加上杂七杂八到了 8 欧元，成本在 70 元人民币左右。这样的酒我的终端售价为 100 元人民币，除去人工、物流成本，一瓶红酒利润 10 元钱。

良心不？我认为是良心的。

有些红酒商人，发个朋友圈，5 欧元的酒吹成一千多元人民币，我直接就拉黑了。这种做生意的方式还能够活在世界上，奇迹。想一口吃个胖子的人，最后往往不是撑死的，而是饿死的。

最近的软文写红酒写得有点多，但绝对不是在做广告，因为我知道，我的大客户没有看我日记的，看我日记的，买酒的并不多。

我写这个主题，主要是纪念一下今年无与伦比的市场，以及默默感恩信任我的人对我的关照。

第六章

人生充满无限可能

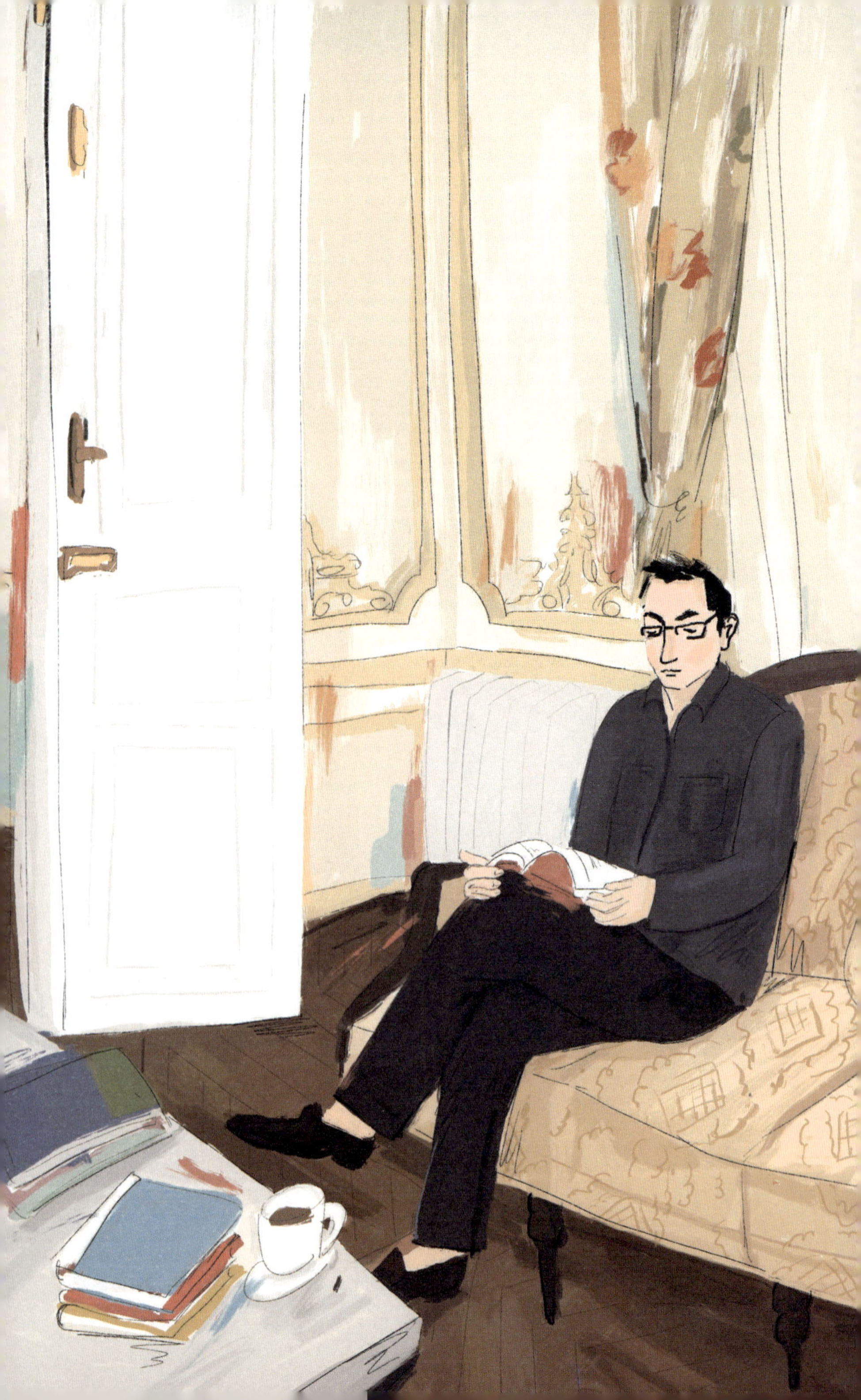

我要更好地成为自己

这几年是我的上升期,很顺。据说未来三年会是我的开挂期。也就是说,接下来的几年,我会有一个飞跃。

这个我坚信不疑,一分耕耘一分收获,只要我努力肯干,不开挂是不可能的。我把人生比成现场直播,要不间断地跟周围的朋友们共享我的进步和成长,目的就是想赋予大家正能量,希望可以相互感染。我不止一次地跟大家解释,我没有炫耀的目的,因为真的不需要。我把我的故事写下来,作为一个出口,是为了输出自己心中的力量。我曾经说过,哪怕是一丝光,也会给你们或多或少的温暖。

最近罗振宇的演讲《时间的朋友》刷爆了朋友圈。我没有去看,据说4个小时,我很难有耐心去听一个人讲4个小时了,再精彩也不行。你看我的文章就1 500字,阅读只需要5分钟。抖音为什么火了,很大的原因在于它只有15秒,要求你必须在15秒里完美呈现。所以大部分作品质量都不错,特别是KOL的示范,几乎个个是精品。

不过罗振宇的很多观点是很超前的，命题也是一流的，《时间的朋友》这个题目本身就很有意义。

其实我们都是时间的朋友，可惜时间有时候没有把我们当朋友。

比如我，近年来，心中一直在默念：像我这样优秀的人，本该灿烂过一生，怎么奋斗二十多年，到头来，还在人海里浮沉。过去的2018年过得太快了，应该说过去的几十年都过得太快了。时间没有把我当回事，梦里还是那个做题来不及交卷的学生，一醒来，已是三个孩子的爸爸了。

八岁的大宝已经开始怀疑童话，二宝也学会了读书写字，三宝马上六个月，这一切都让我感叹光阴荏苒，白驹过隙。

时间真的是不地道。

2018年从指尖滑过去了，2019年真的就来了。

这几天，我一直在想2019年的这篇立志日记怎么写。

感觉今天跟平常一样，但是又注定不是普通的一天，因为今天，2019年的序幕从此拉开，我们又迈入了新纪元。

我觉着我应该为2019年写个寄语，或者跟过去做个对比。

2018年，我记得自己总想得到点什么，可惜那个时候没有写日记，记忆已经模糊。如果明年的今天再回头看看，我已经有了白纸黑字的回忆。

2019年，目标变得更清晰，更多的机会在眼前，"乱花渐欲迷人眼"，要懂得舍弃，要明白拿起之前先要放下。

2018年，我要成为更好的自己。

2019年，我要更好地成为自己。

我告诉自己要终身学习，因为我始终还在学习的路上。我开始有了真正意义上有计划的一年。这一年，我要开始用长远的眼光看待自己的人生，开始沿着自己的成长脉络缓步前行，不再有以前"新的一年，新的自己"那种对过去推倒重来的自我否定和对未来心存妄念的幻想。

新的一年，我要活得更接地气，不怕丢脸，也不再碍于情面不敢谈利益，我要有更正确的金钱观。

这一年，我要开始尝试活出自己，尝试释放自己的生命力，尝试让自己变得鲜活，我开始知道我要明明白白地活着，我要去做一个真人。

新的一年很短，这一年也许依旧一事无成，这一年我却注定会有很多很多的收获。这一年我在路上，我在不断学习，我在成为自己。

2018年即将过去，它是我生命中唯一的41岁，是岁月里仅有的2018。这一年，是光阴，是时间。

而我们作为时间的朋友，我想我应该写点什么，记录它，也记录我自己。

行万里路,读万卷书

Zine 是个好平台。自从写日记以来,阅读的人越来越多,我突然有一种当作家的感觉了,因为平均阅读量过了五千,稍微蹭点热点,就会过万。对于大 V 来说这点阅读量不算啥,但对我来说意义重大。

经常有人给我留言,说,每天看我的日记已经成了习惯。

也有很多人担心我的时间,觉着每天都写的话,会不会影响正常的工作,会不会压缩陪伴家庭、孩子的时间。

的确,时间管理是我们生活中最需要的技能。如果时间分配不好,日子可能就过得一团糟,顾头不顾尾。

我最大的优势就在于时间管理,有时候可以做到多维度思考。目前看来,我无论做什么,规划都很契合我的节奏,有条不紊。

写日记的时间是在早上。我大约 6 点起床,40 分钟用来打字,20 分钟用来修改结构和错别字,一般 7 点正好写完。白天我不把时间花在日记上,除了朋友圈发一次,我再也不去花费精力了,因为写日记不是我的主业。

我用手机写的,直接写在 Zine 平台上,所以很多读者给我提意见,说有错别字。我写完之后都是自我校正的,问题在于,自己基本发现不了自己的错误。因此,很多错别字校正不出来,你们暂时先凑合着看吧,等有一天我有了写作团队,高质量的修正也就来了。

为了更好地利用这个平台,前几天我想方设法联系上了 Zine 的创始人。他跟我一样,也是个有情怀的人,为了坚持自己的平台理念,暂时拒绝融资,走自己的路,保持了自己的风格。我们聊完后,他当场决定把我聘为签约专栏作家,置顶帮我吆喝。

我做事情喜欢走捷径,推广文章也是。理论上好好写就好了,但是,我想办法和平台创始人联系上,阅读量算是直接坐着火箭上升了。

这个平台有一点特别好,就是订阅者都是真正的读者,他们有定期阅读的习惯。行万里路,读万卷书,这是历史的古训。意思是一个人如果想在这个世界过得精彩,这两个都是必选项。

我总结过多次,人的一生都有两条路或者只有这两条路:

一条路用心走,从万卷书中获得,帮我们思考未来实现梦想;另一条路用脚走,通过行万里来印证,帮我们认清现实。

每天急急忙忙地写字,还要处理一大堆因为时差问题而产生的微信留言,同时伺候孩子吃饭、穿衣、上学校,所以早上 8 点半到办公室之前这段时间都是最忙的,也是效率最高的。一日之计在于晨,说得没错,我也是践行了这么多年。

你们再想想，很多人还在睡觉的时候，我已经写了 1 500 字。日积月累，几年下来，不说别的，就说我的文字运用能力，也该是"芝麻开花节节高"了吧。

人生充满无限可能

你有没有想过,如果从生下来你就一帆风顺,今天你应该混成什么样子,我们的人生巅峰是不是如我们所愿?

我仔细盘点了一下人生 40 年。除了六七岁之前的模糊回忆,凡是有记忆的经历,我算是一帆风顺的。也就是说,今天我混成的样子就应该是我的人生巅峰了,没有什么好遗憾的。

我想,你们也应该是这种感觉。

很多人都会说,"想当年我不选择现在的职业,可能会比现在好太多。"我想说,"不一定"或者"一定不"。即使你选择了现在看来是错过了的路,人生也未必好于今天,今天的样子其实就是你应该有的样子。

生活其实已经非常眷顾我们,今天的成就已经是过去所有岁月的峰值,我们无须妄自菲薄。是能力和各方面条件的制约,让我们成了现在的自己。

有人说,你这是宿命论,人生本身的机遇五花八门,也许另一条路更好。其实这是失败者才有的观点,只有对现在的生活不满意的人才会对过去抱有幻想。真正的赢家即使现在失败得一塌糊涂,也绝不后悔以前走过的路。因为他们知道,后悔也没有用,我们回不去。

未来已来,这是我在一年的最后一天想说的话。我们期盼的未来其实就是过去的沉淀和现在的蓄势待发,如果你不曾努力过,或者眼前没有脚踏实地,那么你就没有什么未来。未来其实已经来了,就在你厚积薄发的,或者量变引起质变的前半程。

我邻居家的小卢就是一个在生活中不断后悔前半生的人。我每次回国回家,在电梯里遇见他,他都会跟我抱怨当初的选择。大学毕业后,他本来想留在北京,但是当时家里有点关系,他就回家乡做了公务员。混了十多年,现在还是一个副局长,没有什么实权,他感觉怀才不遇。

他觉着,如果当年他不听爸爸的,留在北京,肯定不是处长就是商业大咖了。

找了个机会,我跟他进行了深聊。

我先分析了他十多年之前的选择。我问他:"那个时候你多大?"他说:"22岁。"我说:"你都22岁了,为什么不自己做主,却听你爸爸的,回家就业?当时你已经权衡过利弊了,你也觉着回家的机会好于在北京发展,所以才回来的。那你今天有什么后悔的?你的爸爸没有绑着你吧?你要从根上去掉抱怨你爸爸的言行。"

我说:"我自己初中毕业的时候,邻居家过来提亲,一是把漂亮女儿嫁给我,二是让我帮忙去打理他们家的肉联厂。我家里感觉天上掉馅饼了,怎么会有那么好的事情?但,我那个时候坚决不同意,想要好好念书。

"如果我选择答应，我今天都成地区首富了，还用得着漂泊在国外受苦吗？我都没有后悔，也没有抱怨爸妈当初为啥不把我绑起来直接入洞房。抱怨有啥用？"

他不说话了。沉默了一会儿，他说："刘哥，你现在也不错啊。"我说："再不错，也不如当初娶了肉联厂的千金好啊，否则你看，全临沂的肉都是我的，多牛。"

我还问他："除了你的选择，你思考一下，这么多年你努力付出了吗？跟你一起回来的小陈，人家还是农村孩子，没有任何上层关系，都是隔壁县的县长了。陈县长我们经常沟通，你看人家，哪儿抱怨过？"

我说："现在副局长的职位已经是你最好的状态了，就不要再去怨天尤人了。如果体制内不适合你，赶紧下海也行啊，没人拦着你。"

他说："快四十了，下海晚了吧。"我说："你看，让你改变你又不敢，让你努力你又觉着没有前途，日子难道不过了吗？目前你最好的前途就是好好把握这个副局长的职位，拿出正局长的干劲来，一年之后，当不上局长你再找我。"

果然一年之后，他当上了正局长。

今天他给我发来微信，祝我快乐，满屏的正能量，嚷嚷着我下次回去一定请我吃饭。当了局长，人的状态都不一样了。

打起精神来，无论如何，相信自己，相信未来才是我们应该有的状态。我20岁的时候，觉着人生充满无限可能。但是仅仅过了20年，对于未来的冷静让我感觉到从未有过的成熟。

这一辈子，不管我们的生命如何和周围人联系在一起，我们都在过一场只有自己才能感受到的人生。时光没有我们想的那么长，也没有我们想的那么短。让我们惶恐的是，它常常稍纵即逝，而我们却又毫无察觉。

在平凡中做出不平凡的坚持

最近两个月，我跟很多人的差别就是，我比他们多写了十万字。关键是，我做的是增量市场。也就是说，我在没有影响任何正常工作和生活的前提下，额外地收获了十万字。

这十万字有什么用呢，可以当饭吃？可以变现？

答案都是否定的，如果从实用角度讲，没有什么大的意义，但是从锻炼意志、养成习惯、树立一面旗帜的方面来说，我赢了。毕竟七七四十九天如一日，不是每个人都可以做到的，甚至可以说大部分人都做不到。

如果继续坚持下去，四百九十天呢，那就更难了。坚持是一种高贵的品质。

锲而不舍，金石可镂。坚持久了，便会成为习惯。从另一方面说，坚持也是一种力量，更是实现理想道路上的铺路石。"水滴石穿，绳锯木断"，说的大概就是这个道理。

朋友圈里看到很多人立 flag，昭告天下，他要健身了，他要早起了，他要学习英语了……但真正能够坚持到最后的又有多少呢？

前几天还有个读者在我的日记里留言，信誓旦旦地说：刘老师，只要你写一篇，我就来留言一次，你坚持1 001次，我也可以。

昨天我翻了翻，他坚持了大概一个礼拜。可能是因为我写的不适合他的胃口了，也可能是他真的就坚持不下来了。反正，别说1 001了，101他都没有做到。

我爸从小跟我说，说到的事情就要做到，如果做不到，尽量不要说。在这方面我吃亏了，前半段我遵守得很好，后半段不行。因为我有时候激情来了，喜欢冲动，先说了，后做。但有时候能力不足，做起来非常辛苦，给自己造成了很大的压力。

记得很多年前，我回家跟朋友一起去扶贫，到了一个老乡家，感觉人家实在太穷了，花生油都买不起。我看了，就说了一句："你们家的花生油我包了。"那时候他家一个月4斤花生油都吃不完。我算了一下，一个月也就100块钱，我负担得起。

"你们家的花生油我包了。"就这一句话，人家认真了，我也认真了。这么多年来一直无私地给老乡奉献花生油，刚开始一月6斤，后来一月10斤，越来越多。到了2010年的时候，一个月50斤了，其实50斤也没有多少钱（鲁花4升的95元，福临门4升的只要70元）。但是一个月用这么多，我有点好奇，就又去了一趟，发现老乡自力更生，在家门口支了个摊位，开始炸油条了……

老乡见了我挺不好意思的，就说，不想就这么吃闲饭，就想通过这个资源多赚点钱养家糊口。通过炸油条，每个月可以赚4000块钱。我看了其实非常开心，因为这每个月50斤油，也就是1000块钱的成本，可以养活他们一家人,关键他不是自己掏油钱,所以舍得用油,用好油,炸的油条质量非常好,生意很好。知道真相后我并没有埋怨他们,当时决定,只要他炸一天,我就支持一天。

这也是一种坚持。

做一件事能够坚持很多年,最让我佩服的就是曹欣了。我刚认识她的时候,2003年,她165厘米高,165斤重,2009年的时候再见到她,她就95斤了,几乎认不出来了,气质、形象、身材都不像一个人了。我问她怎么做到的,是什么原因促使她改变的。

她说,原因特别简单,就是有一天看上了一条牛仔裤,特别想穿。买了条S码的,说瘦下来自己试试。她没有用各种极端减肥的方法,用的是长期战略:少吃。从165斤到95斤,用了700天,减了70斤。

她说:"我每天减一两,一个月三斤,坚持了两年,现在保持了将近十年,一斤也没有涨回去。"最近我见她,她逆生长了,状态极好。

曹欣说得轻描淡写,但是其中的辛苦可想而知。在所有的坚持中,减肥是最难的,没有之一。因为在所有的欲望中,食欲是最难控制的。我曾经不止一次地想把自己从70公斤减到65公斤,都没有成功。

不过2019年我准备试试,跟曹欣学习,每个月减一斤,少吃,多运动,说不定也能实现,但是这个比写文章难多了。

写日记也是一个征服欲望的过程。能否做到每天早起一个小时,跟温暖的被窝做斗争,也很难。

最近除了写日记之外,我还有一个坚持就是读书。因为我发现自己的知识面虽然非常广,但是深度不够,特别是在文字的应用技巧上需要大的提高。这个没有什么捷径,只有通过读书来实现。

我下载了一个软件,每个礼拜一本著作,中西结合,并做读书笔记。最近我看到一段话,特别赞同:

坚持到最后,你就是赢家,千万人的失败,都失败在做事不彻底。很多人往往做到离成功还差一步时便终止不做了。

其实,只要我们还能坚持一小会儿,便会看到成功的曙光;如果我们不轻言放弃,一直坚持到底,那么成功的大门就会向我们敞开。

结合自己的体会,我也想说:

坚持把简单的事情做好就是不简单,坚持把平凡的事情做好就是不平凡。所谓成功,就是在平凡中做出不平凡的坚持。

坚持是愚公日复一日,不惧风寒酷暑的坚守;坚持是精卫永不放弃心中信念的执着追求;坚持是夸父不辞辛劳,为天下苍生谋福利的无私奉献。

也许有一天,我的读者会引用这段话,他会说:

这是刘胜在他的日记里说的话。

如果说坚持就是胜利,那我们离胜利还有多远呢?

既然岁月不饶我,那我也不会饶过岁月。

开干吧。

人间值得，写日记更值得

我有时候在想，一天一篇日记会给我带来什么？

会让我的生活发生变化吗？

会不会让我很疲惫地应付文章，而让生活变得一团糟？

答案却是积极的。

从三个月之前立下 flag，到今天，我写了整整 100 篇，高达 15 万字，每日更新，几乎篇篇都精彩，没有糊弄过……

15 万字是什么概念？大家都知道《红楼梦》才 70 万字。如果我写三年日记，体量就相当于两部《红楼梦》……

《红楼梦》70 万字写了十多年，我写 70 万字只要一年多。

牛吧。

当然我只能比一下字数，高度我就不去比了……

不过，至于将来我的日记会不会跟《红楼梦》一样流芳千古，这个真不好说。目前来看，只要我持续把握好轨迹，将来"火了"的可能性极大。

跟红楼梦的高深相比,我的日记简单而不低俗,非常接地气。看起来朴实无华的文字,却击中了读者的心。说得好听点,就是"天然去雕饰"。喜欢的人会非常喜欢,我的很多读者就是上瘾了,每天都在追。

大多数人可能不知道一个人喜欢另一个人的文字可以到什么程度,我是有感触的。比如我喜欢看"懂懂日记",每天看,但是懂懂老师周末不更新,所以每到周末我就焦虑,盼着周一快点来。

这种心情是其他人无法理解的。

懂懂对我影响有多大?

他彻底改变了我,因为他我喜欢上了写日记。对我来说,除了他的文字吸引人,他的人格魅力、对人情世故的观察力,也让我相见恨晚,越了解越喜欢。

如果我说了算,他就可以直接去北大做教授了。他的观点,他对一个事情的判断,直接可以当作我们为人处世的镜子。也就是说,你读明白了"懂懂日记",基本社交就不会有问题了。

如果你不认可他的观点呢?

那么,你不是怀才不遇,就是不懂人情世故。

说得太绝对了吧?

看过的读者都知道,这就是事实。

懂懂最近"大隐隐于江湖"了,也不买我的酒了,也不参加社交活动了。我一点都没有怪他。你看大师哪个是正常的?只有这种性格才能产生惊世骇俗的作品，懂懂老师也不例外。他精神世界的宽阔程度，包括对宏观世界的认知，都超过了我们这些普通人。

不要试图读懂他。

他为什么这么牛呢？

很简单，他的认知就来自于他的文字。他每天写，素材从哪儿来？就从他平时的生活里。为了用文字提炼生活，他必须拥有非凡的观察力。他就像一个猎人，周围的所有人都是他的目标猎物，这些人都会成为他的作品并给他营养，丰富着他的生活。

这点我特别有同感。

我跟他一样，也是每天更新，但是我的压力小，他每天7 000字，我只有1 500字。但是就这1 500字，我也必须去洞察一切，组织成文字。

别人看来无关紧要的细节，到了我这里，就是一篇很好的日记。

懂懂更是如此。

如果没有深入生活，凭空捏造作品，别说写100篇，写10篇就哭了。

现在看来，人间值得，写日记更值得。

我整个人的状态从写日记那天开始就变得更加积极了。我仿佛有了责任，笔耕不辍的习惯融入到了生活里。我感觉自己变成了一个公众人物，在自己的平台上更加谨言慎行了，鼓励别人的同时，自己也加入到了正能量的序列里。

我不断地暗示自己，我就是最好的。

我的朋友也越来越多。第二个微信都快满员了，我也成立了自己的四个群，里面全是读者，每个人都非常活跃。群里的每一句话我都尽量去看，想爱护喜欢我的每一个人。

读者的心是佛系的，他们非常珍惜跟我对话的机会。很多人说跟我发短信的时候手在发抖，这一点，我感同身受。因为很多年前我发短信给我的偶像时也是这样，所以在跟这些读者交流的时候，我都会放下架子，也不要任何人设，就像大哥哥一样对待他们。

人的这一生非常的神奇，我们会遇到很多绝对不会想到的人。而生活的惊喜之处在于，午睡醒来，你们看到了我的文章，关注我之后，我们就有了这种隔空的缘分。

这种奇妙的缘分让人何等珍惜。

至少，我的心是敞开的。那些围绕在我身边，给我支持、鼓励或者是仰慕的人，都会成为我的朋友。读者中有很大一部分人生活已经非常成功，没有人会图我什么，我们交流时精神层面的愉悦会超过物质，懂的人才会懂。

最近我也做了一下统计，我的读者中男士占了60%，也就说，整个群体中出现了同性相吸，这个最难得。你看现在的流量男明星，特别是TFboys级别的，粉丝绝大部分都是女生。如果有一天，他们的粉丝变成男士了，就证明他们成熟了。

我目前正在经历这个转变。以前的时候，女性读者多，大部分有着异性相吸的情结。而最近这种读者性别的转变，让我更加有信心。

毕竟，要男人喜欢另一个男人是最难的。

好好写，你们一定要跟我一起走，前方有我们共同的世界。

相信我，一起体会未来的力量。

与众不同的特质

在这个世界上,"喜欢"两个字价值千金。我的读者喜欢我,绝大部分发自内心,我赢了,他们特别高兴。读者能有这么大的黏性,太难了,真的很令人感动。

我不止一次说,希望这些读者真的能够坚持下来,留在群里一起进步。相信我,潜移默化,厚积薄发,三年之后,我们都能得到自己想要的。

春节假期来了,打开朋友圈,在我大号里的读者,发的内容大部分都是正能量的,都在赞赏这个新时代的美好,给未来打 call。

再看看我的新号,好友也近五千人。一刷朋友圈,五花八门,负能量比较多:有抱怨身体的,有抱怨领导的,有感觉怀才不遇的,还有感觉全世界都欠他的。

两个朋友圈展现的气象不同,有好几个原因。一个是大号里的人整体的财务能力和社会地位都比较高,加上那些负能量的被我删得差不多了,最终沉淀下来的这些精英,都有一个良好的心态。二是新号里边刚刚创业的年轻人比较多，他们社会阅历浅，抗压能力不足，还有就是，我给他们做的正能量洗脑也不够。

我坚信，将来有一天小号里的朋友圈生态也会改变。

其实我跟大佬打交道多了，就觉着大家差别都不大。例如曹德旺也吃盒饭，郭广昌也吃肯德基，河北的王东峰喜欢吃蘑菇，他们真的都是普通人。

但是有几点，他们与众不同。

第一个，他们从不抱怨。他们的举止言行都是很实在的。遇到事情先找的都是自己的问题。马云说过，改变别人很难，改变自己更难，但是只有改变自己我们才有希望。凡事多从自己身上找原因，例如你生病了，先不要抱怨天气污染，先想想为啥别人不生病？再比如，你觉得领导对你不好，那你对领导怎么样？老感觉别人欠你的，那你欠别人了吗？

第二个，就是对未来的乐观。我们听到很多论调，比如说这是一个经济下行的冬天，今年的日子会特别难……我就想问，哪一年没有冬天，哪一年的日子不难？

回想 1999 年，20 年前的跨年夜，当时互联网刚刚开启，面对着跨世纪的门槛，很多人都在担心年不好过。仅仅过了 20 年，今天再回过头去看，就是在那个冬天，百度、腾讯、阿里巴巴、京东出现了。

时间对我们说了什么？

它说，无论冬天怎么难过，始终有人会找到春天，把自己的日子过得春意盎然。

第三个，就是大处着想，小处着手。有个故事，说，一个卖花的小姑娘卖完大部分花后，发现天色已晚，决定早点回家。她手上还有一朵玫瑰花，这时她看到路边有一个乞丐，就把那朵玫瑰花送给了乞丐，开开心心地回家了！

这个乞丐从来没有想过居然会有美女给自己送玫瑰花，从来没有想过会有这么好的事情发生在自己身上，当真是太阳从西边出来了。也许乞丐从来没有用心爱过自己，也没有接受过别人对自己的爱。于是他做了一个决定，当天不行乞了，回家！

回到家后，他找出一个瓶子装上水，把玫瑰花插进去养了起来，静静地欣赏着玫瑰的美丽。忽然间他想到了什么，马上把花拿出来，把瓶子拿去洗干净后再把花插进瓶子里！

原来他突然觉得，那么漂亮的花怎么能随意插在那么脏的瓶子里？所以他决定把瓶子洗干净，那样才配得上那么美丽的玫瑰！

做完这些事情后，他又坐在边上静静地欣赏着美丽的玫瑰。突然间，他又感觉，那么漂亮的花、那么干净的瓶子怎么能放在那么脏乱的桌子上？于是他开始动手把桌子擦干净，把杂物收拾整齐。

处理完一切后，他静静地欣赏着眼前的一切，又发现杂乱的房间也无法跟那样干净的桌子匹配，于是他又把整个房间打扫了一遍，把所有的物品都摆放整齐，把所有的垃圾清理出房间……

后边的事情大家都知道了，或者猜到了，没错，乞丐开始激励自己，找到了工作，变成了一个总裁。

先不要说这个故事是不是杜撰的鸡汤，单凭里面满满的正能量，就能给我们带来无限的启发。

以上三个特点或者说特质，是大佬们成功的必要条件，没有这些性格因素，一个人是走不远的。

我们要做这些特点的践行者。虽然我们还是小人物，但是日积月累地坚持做这三件事，终有一天，我们会骄傲于明天的自己。

前几天，自媒体"四味毒叔"的创始人之一谭飞老师出了一本新书，轰动了整个娱乐圈，几乎所有的艺人都出来为他站台。

这些人之所以帮助谭飞老师站台，除了他的人脉广泛以外，就是他写的东西充满了正能量。

书的名字叫《不抱怨，把握人生的分寸感》，我看过了，写得很好。

今天也是农历新年的第一天，我们能否在最好的未来里，给自己立个志，做到"不抱怨、乐观、从小处着手和坚持"呢？

未来唯一确定的就是不确定性

新年马上就要过去,我们都重新开始回归工作。对每一个怀揣梦想回来上班的人来说,明年变得更为光鲜亮丽的可能性,似乎都是触手可及的,朋友们都迫不及待地在微信圈"官宣"着新的小目标。

人们往往有一个幻觉,如果过去的梦想没有成为现实,就把希望寄托给时间,仿佛只要自己愿意等,时间就会带来一切。

理论上,新一年的到来并不会马上改变一切。只不过,在所有人的心里,新年意味着一个新的开始。

其实这仅仅是一种心理习惯。

过去的一年,大环境并不乐观,很多的人都在艰难地煎熬着。周围的朋友中,有的人高歌,有的人悲吟,有人上错了车,有人站错了队。

每天上演的都是人间悲喜剧。

幸福的人只有一种,不幸的人却各有各的不幸。

前几天有个刷屏的文章叫作《回不去的1999年》。我爸跟我说,1999年过去10年了。我说,老爸,1999年离现在已经20年了。

20年前的今天，也是大年初五，在杭州一个名叫"湖畔花园"的小区，有个人召集了17个小伙伴，开了互联网历史上著名的动员大会。

大家席地而坐，他站在中间，讲了整整两个小时："从现在起，我们要做一件伟大的事情……"他连同这17个人，后来被称为"18罗汉"。

这个人就是马云，他创办的企业叫阿里巴巴。

时间过去了整整20年。

无数文章中都写过这个故事。

就在那一年，我有了人生的第一个QQ网名，叫"浪漫牛"。

今天我突发奇想去登录，已经进不去了，密码被重置了。找回密码需要回答问题，其中一个问题是"我的梦想是什么"。

我填了好多自己今天想要的东西，都不对。

那一刻我明白了，我或者我们丢失的，根本不是密码，而是二十多年前的那个梦。

我也算是完完整整地活了两个20年了。所以也越来越明白，一个人能不能成为优秀的人，跟你出身于什么家庭、智商高不高、资源丰富不丰富，都没有直接关系，关系最大的，只有你自身的欲望和机遇——你愿不愿意要一个灿烂未来，敢不敢为了希望而拼命或冒险？在这个实现欲望的过程中，你是不是那只风口上的猪？

自己不牛，认识谁都没用

在国内的时候，临沂的冯老师给我发微信，说："小刘，我看你的文章，知道你回来了，能否一起吃个饭？我们好久不见了。"

我收到信息，特别开心，回复说："冯老师，您也看我的日记啊？"冯老师回答："不是看，是每天看。你的文字亲切、自然、风趣、幽默，就像在面对面聊天，我很喜欢。"他高度评价我的文字风格是"天然去雕饰"。

这一下子把我惊着了，冯老师是谁？在临沂，要说写文章，在我眼里，他真的是头号人物。

冯老师睿智，从容，格局大。他对我有恩，在我临沂的朋友里，他也是独一无二的。

我赶紧把冯老师的表扬截屏，发给了懂懂。我的意思是，懂懂老师你看，我的文章被大佬点赞了。懂懂老师连回都没回，估计是觉着，人家就是客气一下，你还真把自己当作家了。

冯老师肯定不是假客气，是真表扬。

从第一篇到一千零一篇,想一下又是多么漫长,我自己哪有那么多故事,真正的精彩肯定是靠你们。

开心的是,看我日记的人越来越多。文章跟日子一样,最近我总觉着我处于上升期,越写越有感觉,有点像李白喝足了酒。

最近喝酒有点凶,昨天又喝多了,跟刘太太聊了好久,想跟她说明,她当初跟我没有错,我们俩这么努力,未来一定非常好。

和刘太太聊天有时候收不住,从晚上九点可以聊到深夜两点,不知道老夫老妻的哪有那么多话题。不过,刘太太喜欢听我讲故事,我也乐在其中。

一直以来,刘太太对我绝对支持,她一再表示,家里的事让我放心,在外边不给我设置天花板,使劲飞就好了。另外,她希望我可以戒骄戒躁,冷静或者平静地看待周围的一切,不要想着去攀哪个高枝,去认识谁,要自己苦练内功,变成一个内心很帅、内心有硬核的有为青年。她的意思是,若是自己不牛,认识谁都没用,更重要的是,先把眼前的事情做好了,好运自然会来。

她可真是个高人。

我谨记着这一切,并与你们共勉。

第七章

独处的自律才是真的修行

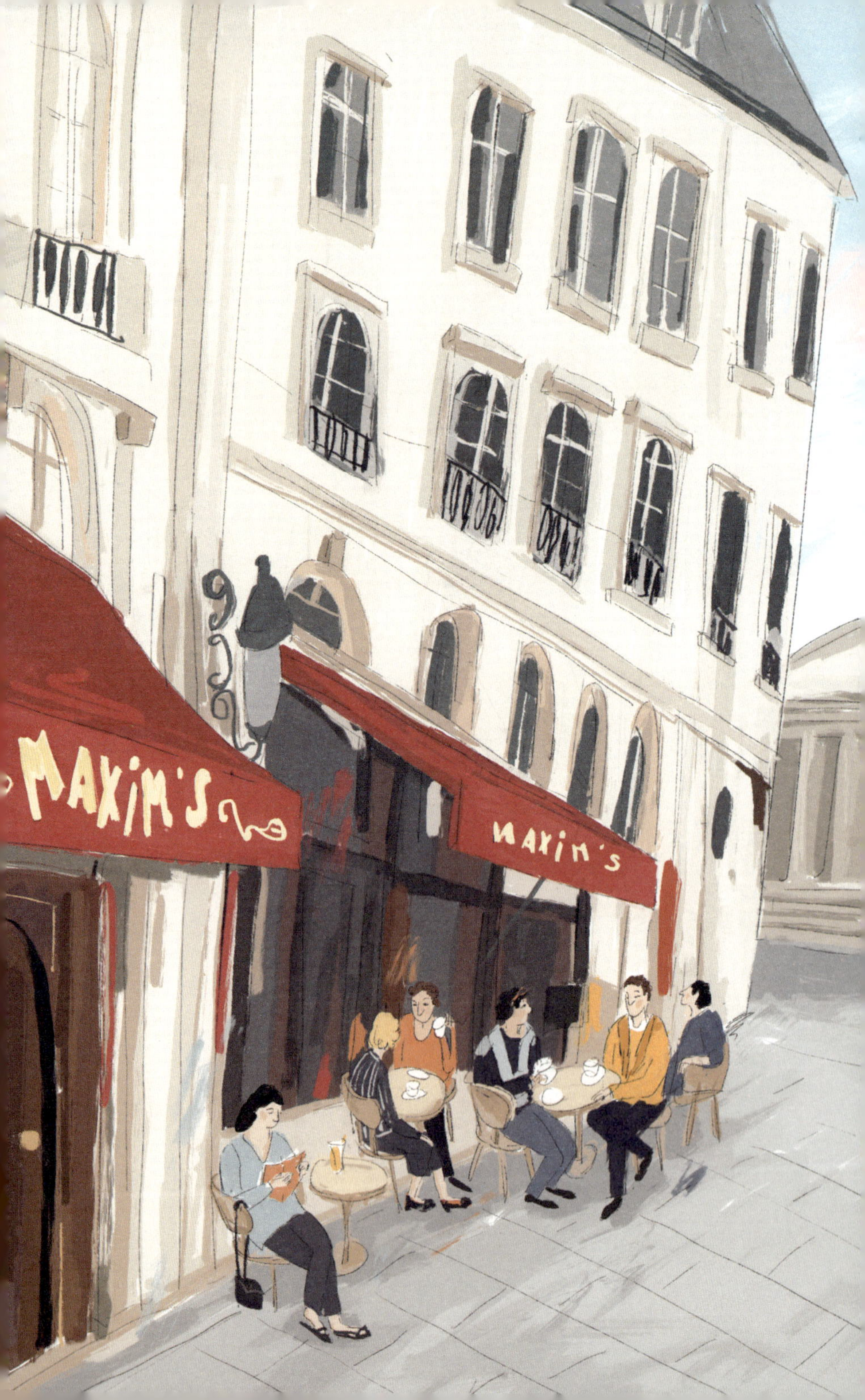
MAXIM'S
MAXIM'S

认真是一个人最值得炫耀的秉性

伊芙丽集团的孙总给我的日记留言，说我是斜杠青年。我赶紧百度这是啥意思，又总结了一下自己最近的身份，的确，我算是斜杠得很，前一段时间醉心于厨艺，水平在业余届已经登峰造极了，最近又迷恋上了写作。

上个月远海集团的 Duma 跟我说，巴黎的圈子里说，渡凡的刘胜除了不做旅游好像啥都做。在同龄人中，他是极少数被我崇拜的人之一，他说什么都对。不过我想补充的是，很多事情都是相通的，如果一件事可以做好，另一件事也不会太差。

我对每一件事都算是相当认真的，除非不做，做就做到能力范围内的最好。十多年之前我卖红酒，当时很多人说红酒不行了，太多人做了。但是这么多年积累下来，我一直在进步，生意越做越大。你要说法国华人圈子有人卖酒比我牛，我肯定不信。

再说做旅游，我从十多年之前的兼职导游起步，在那个时代，最终成了神一样的存在。不仅仅是赚钱能力，我对人脉的拓展，对客人的真诚，对后续关系的把握都是独一无二的。有今天的圈子，都要感谢那时的自己。有一个事情我经常说，就是我接待团组那么多年，从来没有迟到过，哪怕是一次。当时我住在郊区，离巴黎很远，为了准时9点到酒店接客人，我6点半就从家里出发，避开早高峰，7点到达酒店，宁愿等客人两个小时，就是为了心里踏实。

而今天我们身边的人，有多少人没迟到过？我接触过的导游和司机，不能做到准时的人多了。他们的借口还特别多，一会儿地铁停运，一会儿公交罢工，一会儿这个原因一会儿那个原因。你们想想，如果9点让你准时去某个地点拿200万，晚了就没有了，你还会迟到吗？对一个事情的重视程度，决定着你是否会迟到。这个需要反思。

就因为准时的事情，我就被大佬表扬过。

得益于原来巴黎国旅刘敏老师的举荐，我有幸为华为的任老（任正非）服务过，而且是好几次。说句实话，接待这样的大佬，我心理压力很大，能说什么不能说什么，我心里都没谱。但有一点我特别注意，那就是准时。

当时定的接任老的时间大部分是早上9点。我为了不迟到，7点准时到酒店等他。冬天天气冷，我就坐在酒店大厅里。接待任老的第二个早上，我在大厅里等他，任老下来吃早餐碰见了我，说："小刘咱们不是约的9点吗？你怎么这么早？"我说："任总，我怕迟到，早高峰会堵车。"任老就说："那你陪我一起吃早餐吧。"

那是我人生第一次在巴黎的利兹酒店吃早饭，而且是一对一地面对任正非。我不知道你们有没有那种感觉，虽然我这一辈子都进不了任老的圈子，但就这样一个近距离接触已经让我热血沸腾，冥冥中感觉到，我要改变。

任老连续三天邀请我一起吃早餐，成了我最珍贵的回忆之一。

这就是我的认真所带来的附加值。如果我不早起，不提前两个小时到酒店，也许我就是那个永远坐在驾驶位上的司机，虽然掌握着方向盘，走的却不是自己的路。

认真是一个人最值得炫耀的秉性。想打败周围的人，最好的途径就是认真。才能谁没有？但是认真的品格就不一定谁都有了。

跟他的交往就是我用认真换来的。

我参加一个高峰圆桌会议，参加者有巴黎警察总局局长等人。

我对这个事情非常重视，压力也不小。

一个原因是会议层次太高，我紧张。另一个原因是需要用法语对话，我更紧张。但是作为唯一的华人参会者，我觉着必须准备好，而且要认真准备。

我认真到什么程度？这么说吧，为这个事情我好几天没有睡好觉，除了不断研究讲什么内容，还进行反复联系，自己把话录了自己听，不允许有大的失误。

这些场合，你有没有认真准备，一开口就知道。

那次圆桌会议，让很多人在公众场合看到了我用法语清晰流利地表达的能力。认真，说明了一切，后来很多法国人举行的活动都邀请我去用法语演讲。

上一次在法国国家葡萄酒旅游年会上，我再次用法语演讲，也是"认真"所带来的机会。

现在所有的媒体都在渲染今年的冬天多么难过，我想说的是，再难过的冬天得自己过，谁都替不了你。

如果目前我们还没有什么突破，没有什么颠覆性的机会，那就先静下心来，从最简单的一件件小事开始，认认真真地做好，连续认真一个月，你再看看。如果没有改变，你来找我。

这就是今天我想跟你们说的。

人最难的是坚持

今天见了俩朋友，一个是英国报姐，一个是央视美女。都是在巴黎认识的，关系非常不错。

报姐自从上次到我家吃饭后，就准备减肥了，而且说到做到，不知道哪儿来的动力。目测她也就是 90 斤了，还天天健身，用她的话说，减肥上瘾，而且容易实现自我节制。吃东西彻底管住自己了，平时多吃一粒花生米，都觉着要多走两步。

这种毅力一般人没有，人最难的是坚持。无论是谁，干什么，只要每天坚持干一件事，那就相当了不起了。所以，英国报姐在网红界迅速崛起有她的原因。

可喜的是，喝完茶后，报姐当即决定支持我的电影，用微博帮我进行了推广，我的流量大幅度增加，不愧是网红，厉害。

我是在一个中法俱乐部午宴上认识央视美女的。那天她一出现，我就知道必须要加个微信了。她就是那种在人群中一眼就会被发现的人，美貌和气质并存。关键她又是记者又是主持人，格外耀眼。

我们在北京相见,聊得最多的却是巴黎。每一个在巴黎生活过的人,都有一种印记,身上都被撒满了巴黎的种子,一有机会,身上的巴黎情愫就像种子遇到了合适的土壤一样,生根发芽,抒发得铺天盖地。

来北京这几天,我吃饭不规律。早上不吃饭,晚餐又吃得多,还喝酒,胃开始抗议了。前天晚上,我又吃了一盒山楂,导致半夜胃酸,我一夜未眠。

快到中午了,我哆哆嗦嗦地坚持起床,去了药店。店员热情得很,我说我胃酸过多,烧胃。话还没有说完,店员就拿来了药,说:"我给您推荐这款藏药,效果好得很。你这种情况需要一个月的疗程,每天一盒,每盒109元,一共……"

等等,我数学不好,就治个胃酸过多,怎么就需要三千多了?没有那么严重吧。看到我犹豫的眼神,慈祥的售货员说:"你要是不打算吃一个月,怎么着也得吃九天。"

我斩钉截铁地说:"我吃不了……您给我换个便宜的雷尼替丁吧,我以前吃过。"

从3000块到30块,我的胃疼好了一半,慈祥的售货员变得有点不慈祥了。

哎……

怎么销售是我们面临的一个大问题,在这个方面我也是专家。我不赞成药店的销售方式。我觉着,如果他循循善诱地跟我说,别说9盒,30盒我都有可能买。

我算是一个成功的销售员。别的不敢吹，就说我的红酒吧，朋友圈还有谁没有喝过我的红酒呢？我觉着不多了吧。反正我的朋友不买我红酒的，我就送，一直送，送到他买为止。之所以卖红酒，有几个原因，一个是红酒是法国的标签，我又在法国，刚需是存在的。另一个就是，我卖酒给朋友，就是尽一种对朋友的责任，让朋友们喝上放心酒、性价比高的酒。鉴于这些原因，我的红酒销售算是长盛不衰。

今年的客户明显出现了变化，过百万的单子非常多，我跟刘太太把这归结为量变引起质变。做红酒最能看出一个人的人品，因为利润空间大，有些酒不透明，出现价格欺诈很正常。而我做酒，就坚持一个原则，我就赚你 10 个点，明着赚，你要是觉着 10 个点过分了，那你试试别人的。这么多年来我为什么没有流失过一个客户，我觉着人品最重要。朋友买我的酒，是觉着我靠谱，是看得起我。

朋友圈里那些把一欧元的酒卖到一千多人民币的人，都被我拉黑了，吃相太难看。我就想问，你还有没有良心？当然，人各有道，那就你走你的独木桥，我走我的阳光道。

赚钱是这个世界最简单的事情，这个世界上最难的事情是做人。其他的我不敢说，我对朋友的真诚热心和信任还是大家认可的。

我可以立这个人设。

有些人问了，朋友之间做生意好不好？还是那句话，走得最长远的，都是那些有往来的朋友，你卖我一瓶酒，我卖你一瓶醋，唯有这样，才能并肩向前，永远有关联。

纯唠嗑，可以永远成为朋友吗？

不能。

在公众场合自我约束

坐飞机最郁闷的就是隔壁老王的质量不行。

刘太太为了不让我偶遇年轻漂亮的美女,尝试用经济杠杆阻断这些可能。她认为,坐头等舱的一般是中年男人,即使有女士,年龄上也没有啥优势。所以每次出行,她都咬牙给我订高舱位,赌概率。

今天的头等舱一共12个座位,就3个人,都是男的。一个佛系的,我一回头,他正闭着眼睛打坐。另外一个是运动系的,手机开着功放,听着民歌,略刺耳。

因为我要在飞机上写文章,这个音乐跟我的节奏不匹配。时间久了,我的思路总被打乱,就想提醒一下。佛系的大哥修炼成仙了,估计不会觉着这是个事,也只有我来管了。

理论上,跟公共场合不注意自身行为的人讲道理很难。你要是去跟他沟通,最好的回答可能是"关你屁事",说不定还要打一架。近几年,我实在懒得动刀动枪了,万事和为贵,不行就忍忍,或者让别人出面,我做幕后。

不管怎样，我还是跟空姐说了几句，意思是借个耳机给隔壁帅哥，这么好的音乐被大家都听见了，多可惜。

空姐马上明白了，赶紧过去提醒帅哥放低音量。没有想到帅哥很自觉地就关了功放，并向我投来一个善意的致歉的眼神。

有点出乎我的意料，这个结果也算是完满了。不过我有一点不明白，他怎么知道是我投诉的呢？

关于公众场合的素质问题，每次写每次都有新内容，飞机上还好点，因为没有网络，换成坐高铁，那叫一个热闹。

我突然想，国航飞机上不开无线 WiFi，原因之一可能是为了保护客人。否则大家都有网络，就不用睡觉了。

上一次坐高铁，从上海到南京，我买的商务座，一个包间里大约有 7 个座位，坐了 5 个人，有两个空的。

我在最后一排，隔壁是一个企业老板。

企业老板在隔壁抖着腿，拿着保温杯，里边有枸杞。他有个很怪的习惯，就是每隔几十秒就清理喉咙里的痰，一会儿清理一下，一会儿清理一下，也不吐出来，就在喉咙里来回循环。这个真算是要了我的命了。我想找个耳机戴上，但是没有。越不想听，这个声音越清晰，我第一次有跳车的冲动。

幸亏他坐了一站就下车了，看到他离去的背影，我弯腰敬了个礼。

他刚走，又上来一个人，中年妇女，165 厘米，165 斤，我目测的。这个人上来就一直打电话，嗓门巨大，不去唱美声绝对可惜了。话语中全部是大生意，一会儿几万，一会儿几亿，一会儿马云，一会儿李嘉诚，说得我都想入股了……

我提醒了一下，我说："大姐啊，你小点声吧，您的那点生意机密都被我听见了。"

她瞟了我一眼，根本不在乎，继续我行我素。

我有点无奈。

中间的俩人本来挺好的，应该是两个同事，领导和秘书的关系，都眯着眼，好像在休息。我刚刚觉着庆幸这俩人素质挺高的，没想到乘务员过来推销吃的，这俩人要了四瓶啤酒、两盒方便面。

坐过车的人都知道，封闭空间里的方便面味道是非常刺鼻的，闻起来很难受。这种食品跟臭豆腐差不多，只有吃的时候还可以，如果不吃，闻着真是反胃。当然这种感觉可能跟我的洁癖有关。

这俩"同事"，吃着泡面，喝着啤酒，年长的那个一会儿一个饱嗝……

隔壁的大姐继续讨论这大宗采购的价格，一会儿骂一下这个，一会儿骂一下那个，有点皇后娘娘的感觉。

这个车厢……我觉着我被边缘化了，只有我在受煎熬。

好在上海离南京并不远，下车后我有一种劫后余生的感觉。

现在很多人虽然手里有钱了，素质还真需要提高。都坐商务舱了，除了我估计都是大老板，在这种经济条件下，还有这种表现，我有点失望。

我不是要表彰法国人的素质高，但是，在法国坐了那么多次高铁，这个情况从来没有遇到过，整个车厢一直都安安静静的。

我就想提个倡议，是我的读者的，能否加强一下自我约束，在公众场合使自己的行为尽量契合周围的环境呢？

如果可以做到，真的要谢谢大家。

信任的力量

昨天去特斯拉开会,从香榭丽舍大街到玛德莱教堂的路上,要经过一条街,叫皇家大道,街上的马克西姆餐厅是这段路最闪耀的标志。这家餐厅的老板就是时尚界最著名的教父之一——皮尔·卡丹。

我想起了一个人,这个人是卡丹先生在中国最好的朋友,叫宋怀桂。

我认识她是在2004年。一个偶然的机会,宋女士找我去机场接个人。我问宋女士,我自己去还是跟她一起去,她回答:"如果可以就来先接着我,我们一起去。"那是我们第一次见面。

自从那次接机后,宋女士就留了我的手机号,之后所有需要车辆司机的活儿,她都会直接找我。

我理解为这是我们之间的缘分。

宋怀桂女士是个传奇人物,鉴于当时我只是个学生,至今我还不能理解,为什么她会跟我成为朋友。她是中法交流中相当厉害的使者,创造了一个又一个传奇。

她性格非常好强，是中国女性涉外婚姻得到认可的第一人。她给我讲了一些自己的经历，包括怎么跟皮尔·卡丹相遇的。

对我来说，她就是一个真正的女神，她的经历、财富、社会地位以及人品都是殿堂级别的存在。

后来，我们经常会见面，已经不仅限于用车服务了，成了朋友。我记得当时我和刘太太陪她在塞纳河边散步，她个子高高的，很瘦，虽然已经60岁了，但气质优雅，依然那么漂亮。阳光照过来，她的倒影映在河水里，让我有点恍惚。

有几件事我的印象比较深，也就因为这些事情我体会到了信任的力量，认定了宋女士把我当作朋友的事实。

第一件事是宋女士让我认识了她的家人。

她的女儿和外孙女来巴黎度假的时候都会找我陪伴。现在，她的女儿宋小虹已经是国内非常有名的画家了。小虹继承了妈妈的天赋和爸爸万曼先生的才华。

我跟宋小虹一起去过巴黎他们曾经去过的地方。有一个地方印象很深刻，就是十三区的越南河粉店pho14，小虹每次来都会去吃一碗河粉。

现在这家河粉店也是我的最爱之一，也成了中国明星的打卡地，这里来过无数重量级人物。

还有一件事让我比较感动。宋女士有一次回国，我去送她。她说："小刘，我就把我家的钥匙留给你了，反正我回来的时候你还会来接我，你帮我拿着，万一我回国丢了钥匙，就找你。"

这种被信任的感觉给了我无数的能量，那一刻我就感觉到宋姐姐彻底把我当朋友了。

后来的日子，宋姐姐经常跟我讲她在北京开马克西姆餐厅的故事。那是她的心血，在那个时代马克西姆餐厅是整个北京城最好的西餐厅，它出品的牛排和牛角面包，成了北京的标杆。

宋姐姐还送给我一本书，是她私下珍藏整理的，没有公开出版，数量非常有限。书的名字叫作《马克西姆风云录》，每一页都讲了一个故事，故事的主人公都是我做梦也不敢想能见到的人物。

这本书至今还是我们之间一个美好的回忆。

2006年的时候，我送宋姐姐回国，当时感觉她更瘦了，吃的也很少，我说："姐姐你注意身体，等你回来我再去接你。"

她说："好。"

那是我们最后一次见面，宋姐姐于2006年永远地离开了我们。

后来我去了一次北京的马克西姆，那儿的装修依然非常的法国化。因为带着感念和悲伤的情绪，我再看到餐厅里的一桌一物，就格外觉得亲切，这里的灯光仿佛都被设计过，柔和里还带点儿忧伤。也许，欢乐的人都去三里屯了。来这里安静喝咖啡的人，都有点儿忧伤。

宋姐姐离开得太突然了，我们之间的友谊从此折断，我都来不及对她说声"谢谢"。

开会回来，又经过巴黎的马克西姆，感觉宋姐姐仿佛还在，她穿一身月白色的布拉吉，踩着一双雪白的高跟鞋，"嗒嗒嗒"的飘逸而过，如烟如雾。

她完美地度过了一生，到最后她的唯美离开，她的世界没有瑕疵。

我很遗憾没有早点认识她,她是个温暖的人。

写此文,怀念那个时期虽然我一无所有,还是认可我为弟弟的宋姐姐。

早起的乞讨者

我们家附近的地铁站有个要饭的帅哥，应该比我年轻。理论上这种身强力壮的乞丐是被我鄙视的，有手有脚的，干点什么不好，非得去做乞丐？

但是最近，我对他的态度改变了，因为他有别的乞丐做不到的地方，那就是早起。

别的乞讨者，一般都是下午才出来，早上出来的太少了。郭德纲在他的相声里说过，但凡能起得来床的人，就不会去要饭。

看来我们家门口这个乞丐是个例外。

我开始给钱，从写第一篇日记开始。只要我坐地铁，就给他一欧元，从未间断。我们之间都很默契了，每天我走过去，他的笑容展开，我放下一个硬币，他站起来给我鞠个躬，我回敬。仪式感足足的。

他开心，我也开心。

很多人不了解做慈善或者给予的意义。其实道理很明白，你在行动上帮助了别人，在心理上帮助了自己。那种付出和给予的快乐，不是赚钱可以体会到的。

虽然仅仅是一欧元。

再说回这个帅哥乞丐。我持续给了两个礼拜钱，帅哥觉着不好意思了，主动要跟我聊会儿。他跟我解释了乞讨的原因。

他是叙利亚人，其实来法国很多年了，有四个孩子，因为战争，家园没有了，在法国也没有根基，他想回到自己的国家，却回不去。他没有才能，只能去建筑工地和装修机构打黑工，也不是天天有活儿干。为了生存，他每天早上在这里乞讨三个小时，差不多收入15欧元左右。认识我之后，多了一点。在这里上班（乞讨）结束后，他需要赶回工地继续上班，晚上八点左右回家。

他原本是一个大学的法语老师，巴黎曾经是他的梦，但他没有想到有一天用逃难的方式跟巴黎相逢。

他跟我解释，就是想告诉我，他是有工作的，不是全天乞讨，因为很多人感觉他年轻有力气，也不理解他，他也没时间一个个解释，今天正好跟我聊聊。

他说很感谢我每天的一欧元，这种感觉特别好，是帮助也是鼓励，他祝福我好人永远平安，说每天为我祈祷，希望真主保佑我。

说得我超级感动。

生活不易，每一个放弃尊严低下头的人的背后，都有一段故事（事故）。

从那以后，有时候我偶尔站下来跟他说句话，慢慢地对他了解更多了。

他有四个孩子，只有一个是亲生的，其余三个都是邻居家的。因为战火，这些邻居家的孩子瞬间失去了父母，他的妻子也丧生了。他原本有两个孩子，战争只给他留下了一个，为了逃命，他带着邻居家的三个孩子和自己的一个孩子（手臂炸伤），辗转一个多月到了德国。在德国生活了半年，没有获得生存的条件，最后来到了法国。

他非常感恩法国政府，给了他们补助和住房，还给了孩子们受教育的环境。也感谢法国人民，给他活下来的勇气。

说这些的时候，他的脸庞上弥漫着悲伤，眼泪不停地流着。他才32岁，但是岁月的摧残让他看上去像50岁，他眼睛里再也没有光芒，只是为了自己和邻居家的孩子苟且活着。

我越了解他，越感觉这个时代对不住他。战争的残酷，妻子的去世，做父亲的责任，邻居临终的嘱托，都需要他坚强而有力量地活下去。

他说，他从来没有跟孩子们说过他早上在乞讨。孩子们住在城市的边缘，他之所以来富人区乞讨，有两个原因：

一个是远离孩子们的生活区，不想让孩子们看到爸爸的辛苦（落败乞讨），另一个是在富人区乞讨的收入比较高。

我突然感觉只给一欧元有点对不起他。我问他为什么不把他的故事告诉所有人。他说，没有意义，从叙利亚逃难到法国的难民们中，许多人的遭遇比他更惨，而且他不愿意提起这段经历，不想一次次地揭开伤疤让别人看。

"你见过战争吗？"他反问我，"你不像是难民呢。"

我说："没有。我来自中国，那是个和平的国家。我来这边读书的，现在在创业。"我说，"我希望有一天你有机会去中国看看。"

他笑了，说好。

回答这些的时候,他的眼睛里依旧没有光。内心的感觉告诉我,他对这个社会已经不存有什么希望了。我问了他的梦想,他说他就想把四个孩子养大成人,不再被战争蹂躏。目前孩子们的心灵创伤无法弥补,经常听到孩子们在梦里惨叫,他想让他们摆脱这个噩梦。

我问他会告诉孩子们这段历史吗,会希望他们帮家人复仇吗?他告诉我,他不会给孩子埋下仇恨的种子,忘记过去才有最好的未来。

他还说,他的最终理想还是回去,回到叙利亚,看看他的故土。虽然说战争让家园支离破碎,但故土是他最大的牵挂,那里有他熟悉的一草一木,有他妻子和家人的灵魂。

我问,那孩子们呢?

孩子永远不要回去了。把那段记忆切掉、摧毁、揉碎,让它烟消云散,就是最好的。

好伤感。

想哭。

安全地活着是我们对这个世界最基本的诉求。我们要拒绝人为的暴力和战争,无论什么原因。

战火摧毁的不仅仅是家园。世世代代无穷的创伤,会演变成仇恨。

愿世界再也没有战争,愿那位帅哥早日走出阴影,重获新生。

不希望你们看哭,但是希望你们转发这个故事,让更多人了解到人间疾苦,珍惜眼前还算是和平的世界。

你准备好礼物了吗

这两天没有碰到在地铁站乞讨的帅哥,他没有来。

已经准备好的两个钢镚,在裤子里碰撞,感觉怪怪的。每天的一欧元成了习惯,给不出去还挺难受的。

出了地铁站,我顺手把积攒的两欧元给了一个吉卜赛大妈,寒风中她瑟瑟发抖,挺可怜的。

圣诞节到了,今天是 24 号。香榭丽舍大街今年的灯换了颜色,红色的,没有去年的金黄色大气。

这几天来我办公室的人特别多。朋友和读者络绎不绝,大部分是来送圣诞礼物的,有的包装得很好,有的就是一张简单的卡片。但是无论如何,这份心境和心意都让我感觉无比美好。所有的礼物我都准备准备了回礼,没有回礼的,我准备直接简单粗暴地转账感谢。

礼物真是一个好媒介。俗话说,礼多人不怪。这个礼有两层意思,一个是礼貌的礼,一个是礼物的礼。礼貌是指一个人最起码的素质,是刚需。而礼物却是一个加分项,是人际交往的附加值。

这一点我周围的朋友都做得比我好。每个来巴黎看我的人都会给我带一堆东西。这里边有几个突出代表，我就不一一点名表扬了。

同在巴黎的郑宇好几次微信我，找我帮忙。他刚买了房子要搬家，希望我借辆车给他用。郑宇算是我认识的人中混得好的，他在郊区买了房子。虽然他平常独来独往的，总归人还不错，借车的事情我就答应了。

来提车的时候，郑宇说："刘哥，你们同事能否帮我搬一下东西？我喊了很多人，都没有空。现在就我一个人，其实东西不多，就一张床，我自己搞不定。"

我说："不行，关于公司的工作同事会听我的，工作以外的，我也没有号召力。给我搬家可以，给你搬家，同事们不会去。"

"好吧，"郑宇说，"不过，刘哥，感觉你hold不住你这个公司的同事啊。"

"谁说不是呢？"我说。

后来才知道他是自己一个人搬的。

第二天他来还车，我让我同事去交接的。同事回来说，车也没有收拾，油也没有补。我跟同事说，没事，我自己去清理一下就好了。

前几天，郑宇又找我，说："刘哥，你生了老三我一直没有去看你，给我个机会去看看孩子……"我说："不用客气，最近也挺忙的，你有空来办公室里坐坐就好了。"

郑宇坚持了好几次，非要去家里看，说，这样才真诚。

我觉着我平时挺照顾他的，加上最近借车，他可能要来感谢我，给他个机会吧。我就约了上个礼拜一的中午,让他到家里吃饭,他欣然答应。

礼拜一中午,我早早回家,让阿姨准备了几个菜,等郑宇来。

很准时,他12点到了。我出门迎接,他的第一句话就是:"刘哥,不好意思,今天起来晚了,本来应该带个礼物给孩子的,一着急没有时间买了,后来想在您家周围看看,转了一圈也没有合适的。再说了,你这个条件啥都不缺……"

我一个礼拜之前跟他约的今天,他也是够忙的,这么久了,一个小小的礼物还是必要的吧,哪怕只值一个欧元,也行。

我突然知道搬家的那天他为啥找不到人帮忙了,这样的人谁会帮他呢?你来我家看孩子,最起码的礼貌和尊重不是应该有的吗?如果没有准备,我们在办公室见面就好了。

我心里堵得厉害。我不是一个重视礼物的人,但我注重仪式感,注重对我的重视。实在话,我什么都不缺,但我缺的是你的那份心。在这个社会上,社交是有一杆秤的,每个人心中都会有自己的掂量。别说成年人,就是孩子都明白这个道理。我们家俩宝去同学家串门都知道带礼物。有一次我送二宝去一个同学家玩,走到半路上想起来礼物忘记带了,二宝坚持回家,必须拿着礼物才能去同学家。

她才六岁。

那顿饭吃得很没有意思,我控制在半个小时左右就结束了。我说:"郑宇,你快点吃,我还要去上班,再说你也忙,不耽误你的时间了。"

他感觉到了我态度的变化,几天后跟我道歉,说:"刘哥你别生气,我错了。"我直言不讳,说:"郑宇,你都快四十的人了,多去读读书,多去锻炼一下。别总是独来独往的，连个朋友都没有，社交的规则还是学一下。"

微信我忍了一下还是没删，毕竟还是希望他长个心眼，以后的路，难着呢。

昨天晚上，新欧洲传媒集团董事长陈翔和他的总经理许老板请我吃饭，俩大腕请我吃饭，就是因为他们上个月办的中法跨境电商大会，我帮他们请了个嘉宾。陈总说："凡是帮过我们新欧洲的人，我们都会记着。"

他的成功哪是偶然的？这些话真的是可以共勉的。

对我来说，也一样，帮过我的人，我就像神一样地供着，无论是在行动上还是在我心里。

以后别总说去谁家坐坐，你准备好礼物了吗，你就去坐坐？

见识大于知识，经历大于学历

上次回国在楼梯上再次见到小周，他连招呼都不愿意跟我打了，不是因为关系不好了，而是他觉着太自卑了。

他的内心想法我非常明白：宁愿不碰见我。

上一次我回来的时候，他爸爸专门找我，让我给他儿子小周出谋划策，找个出路。因为小周已经待业好几年了。

小周原来是有工作的，在一个化工厂上班。因为受不了三班倒的工作机制，几年前决定辞职考公务员。努力之后未能如愿，就在家待业，每天面对着电脑和手机打游戏，对外声称在找工作。

跟周爸爸见面之后我了解了一下情况，就说，把简历给我一下吧。

我看了一下简历，小周已经30岁了，毕业7年，只有刚刚毕业的那几年有工作经历，2017年以后长期待业。

孩子在家待着，是个要命的事儿。我也热心，赶紧又找了周爸爸，说："小周这样绝对不行，你不能允许他在家做宅男了，再好的孩子在家半年不出门基本就废了，这个孩子的眼神都不对了。

"两个出路。一是你给他点钱出去折腾，赔了也行，别给多了，万儿八千的，去大街上干手机贴膜都好。二是，无论什么工作都先干着，待遇无所谓。总之，千万不要待业了。"

这个社会发展太快，别说三年，就是三个月不出门都有可能找不到回家的路。

我跟周爸爸和小周一起聊了一下，聊天过程中小周有他自己的坚持。他目光略呆滞，跟我说话，没有任何眼神交流，不敢看我，或者是不愿意看我。

小周对我的观念不怎么认同。他觉着，虽然没有出门工作，他在家也做了微商，还在网上学习新的知识，应该不会脱节。但是我问了他几个问题，都不算是非常流行的热点。说实话，他一无所知。

脱节严重。

最后我的结论就是，小周如果再这样下去，就没有救了，我说的两条出路是他的唯二出路。

对一个人来说，见识的重要性大于知识，所谓的见识不是在网上家里学来的，是要去看世界，去跟人接触，跟社会碰撞才能得来的。唯有这样才能跟上时代，跟上周围人的步伐，跟多数人同频。

经历的重要性也大于学历。行万里路的人往往比读万卷书的人牛。由唐僧领导进行的"西天取经"之所以要经历九九八十一难是有原因的，在取经过程中得到的收获有可能比真经还重要。

我很希望帮到这个孩子。谈话临结束的时候，我说："下次见你，最起码你要做到说话的时候看着我的眼睛。"

后来的第二个月，我推荐了一个不算很累的工作给他，当然工资也不高。但是我觉着起码可以接触人，接触事。可惜他只干了三个礼拜。

我有点失望。

这次碰到，别说看我的眼睛了，他连跟我碰面的勇气都没有了。

看着他的背影，我一声叹息，让他活在自己的世界里吧。

小周这样的现状，原因来自于两方面，一个是对自己的自我定位，另一个是他的家庭教育。

小周上了大学后没有怎么接触社会，性格相对内向，跟别人的交流存在一些短板，加上对自己的定位不准确，导致自我约束能力不过关，没有激情面对未来。

我了解的周爸爸是个老实人，一辈子平平淡淡地做了个老师，教书育人无数，最后儿子虽然考了大学，现状却是非常不理想。儿子特别听话，从小到大被教育成了绵羊，几乎对父母百依百顺，据说婚姻都是父母包办的。小周大学毕业，第一份工作并不满意，本来希望改变，但考公务员失败后，倍受打击。随后小周继续把希望放在父母身上，但是父母已经没有了再次助他腾飞的能力。如此下来，父母觉着对不住孩子，孩子也欣然接受了这种心理暗示，导致了恶性循环。

其实，我认为小周的出路还是在走出这个家庭环境，无论是从心理上还是地理上。周爸爸现在应该做的不是去帮他找工作，而是鼓励小周走出去，看看外面的精彩，实在不行，出去旅游几天，当作是一次家庭团建，目前的家庭气氛不太适合让小周做宅男了。

令我比较担心的是，小周的爸爸最近态度也好像改变了，以前喜欢听我的，最近被儿子洗脑了，觉着儿子说得有点道理。

临走的时候周爸爸又碰到我了，他有点不好意思地解释，小周的事情随他去吧，他还小，条条大路通罗马……

我没有接话。大家都知道条条大路通罗马，却不知道有的人一出生就在罗马，就是这个道理。我们还在为通往罗马的大路奋斗，人家已经在罗马争取更高的位置了。

有些老话，你不一定会相信。

不过，无论如何，真的期望他们可以改变。

因为我们周围的小周有千千万万。

第八章

平淡的日子,耐心地过

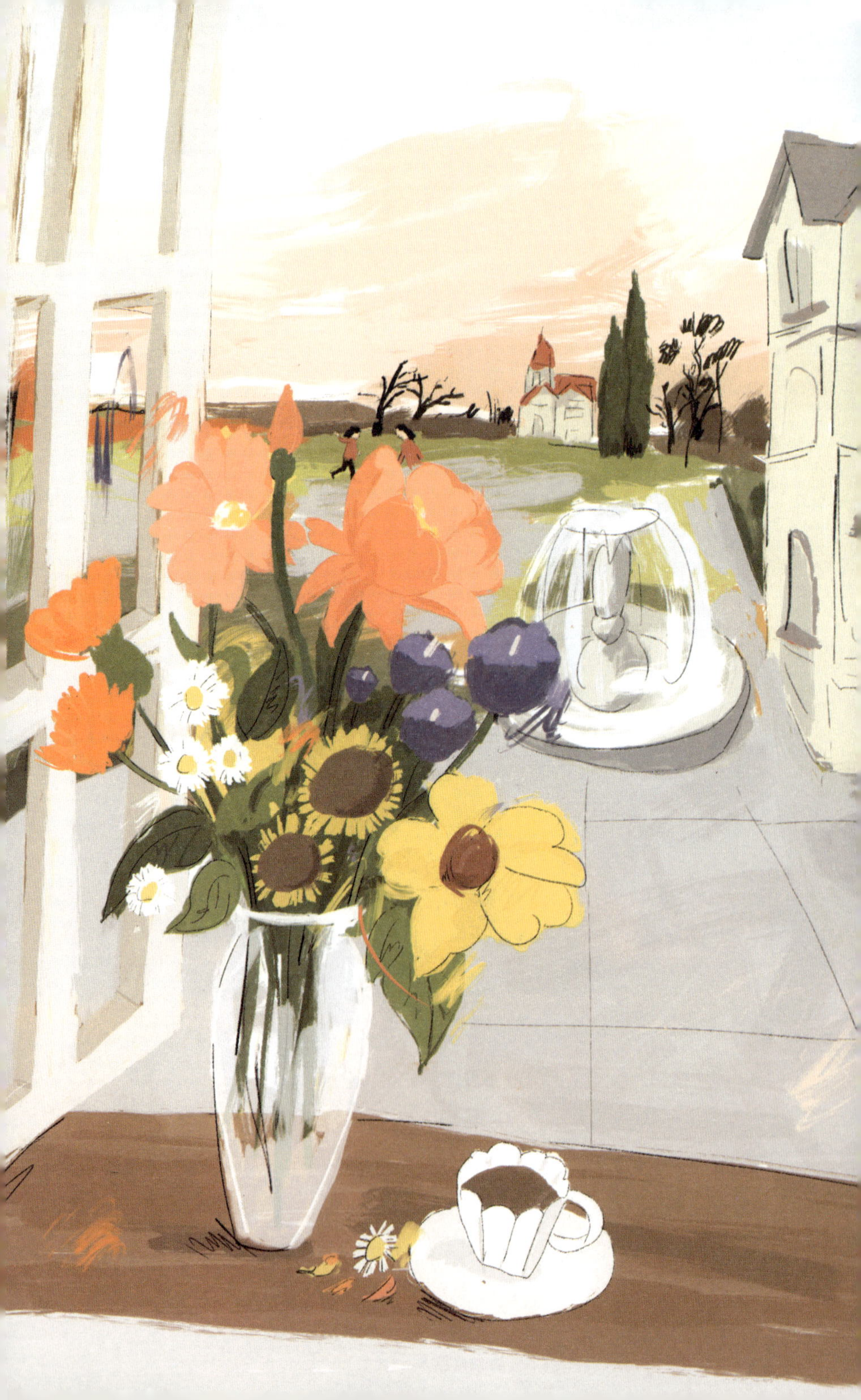

平淡的日子，耐心地过

圣诞节假期，我们从巴黎住到了乡下，孩子们特别喜欢。今年的圣诞新年季，气温不是很低，俩宝跑来跑去的，给冬天的院子带来了生机。下午我们去了趟花市，买了很多花，我喜欢家里百花齐放的感觉。

园丁马克先生在我们到来之前，已经把院子收拾得干干净净，落叶和树枝，地面和草坪，都井然有序。暖气早早地打开了，就像我们从未离开过一样。

刚买下这座乡下小城堡的时候，我们觉着每个礼拜都会来。实际上，除了孩子们比较大的假期，我们周末几乎没来过，虽然从巴黎的家过来也就是一个小时的车程。

主要是懒。

小城市的生活非常舒适，物价比巴黎便宜大约三分之一，三宝的奶粉在巴黎卖22欧元，在这个城市卖15欧元。同样的鸡蛋，巴黎10个5欧元，这边3.5欧元。花生油和面粉也差不多。发现了这个规律之后，每次来，我的车后备厢都会装满，必需品都在这个小城市备齐。我算了一下，一次性可以省下 100 多欧元。

法国买房子贵，养房子也需要花点代价。地税和居住税都不算低，日常的维护开支不是个小数目。一个供暖季，烧暖气的油大约要花 5 000 欧元，住不住，房子都必须保持温度，否则房子里的装修遇到低温就会受到很大损伤。

院子的日常维护也费钱。要有专人维护草坪、收拾落叶、清洁院子、修剪树枝。尤其是草坪，夏天需要每天浇水，虽然我有自动滴灌设备，但还是需要人现场操作。

明年的春天我准备把院子里的草坪全部换成地毯式的，跟足球场的效果类似，然后把草坪管理承包给专业公司，这样整个院子的感觉就不同了。

今天的日记侧重于拉家常，平淡的日子，耐心地过。

信我所信

一场秋雨一场寒，已是初冬。

黄昏尽，水落地可成冰。

翻开皇历，今天是丙申年，己亥月，壬寅日，宜结婚祈福，忌坐灶伐木。

打开网络，全球人民都在讨论特朗普当选的事儿。翻看百度历史上的今天，中国女排首次获得世界冠军，京九铁路全线开通，中国民航首个航班飞达伦敦……

今天晚上我就想对自己说说心里话。

今日于我，皇历里没有写，电视里没有播，百度里没有录，毫不起眼。

想想我生下来嘴里没有含玉，天边也没有祥云，全世界跟我同日降生的婴孩有数十万。

大千世界令父母送给我生命，我过重洋，行四海，创业，守业，妻女承欢，享生之幸事。

我常常跟自己说，要相信命运，不争不抢，自有我的世界。

将近不惑，我也会问自己信什么。世界变化多端，我无法揣摩，但我相信世界的美好，也相信世界上所有的扭曲，都会变成毕加索的画。

我问了自己那么多"为什么"，自己心里回答什么，我就信什么。

我信自己，生而为人，必定有行走于世间的意义。不要跟他人做比较，要规划一条属于自己的独一无二的路。

万古长夜中，为自己点上一盏灯，无论是两手空空还是一事无成，都要把自己当作一个堂堂正正的人看。

每个人的身体里都住着一个怪物，但不是所有的怪物都会毁灭世界，试着与他交朋友，投之以良善，导之以自律，丰之以经历，假以时日，自会放下屠刀，立地成佛。

我相信人与人之间的简单关系，体内有怪物，身外有父母朋友。

世上的美德，都以人为节点传递，我相信，这些无由的关心，并不都是来自企图。

当下社会，投资时间比投资金钱重要，保养发际线和前列腺比保养人鱼线和马甲线重要，关心关心你的人比关心你关心的人重要。

烟火气再重一些，凡事多为他人想想，心再宽些，才装得下他人与美德。高山流水，鸡黍管鲍，相见时把自己扒干净，洛阳亲友如相问，一片冰心在玉壶。

分别时可以人走茶凉，但要把带走的云彩深埋在心底。

我相信命运。世界上很多的事情，你冥想深思，用头撞墙，七窍流血也得不出答案，比如世界的起源和归宿，比如人的虚无和满足，比如今天晚上吃什么。

人优于世界其他万物，却比万物承担更多的痛苦。悠悠千载，人之精神复杂多变，我也曾探究古仁人的心境，想不通，道不明，不如交给命运。

我相信坚持。古人学问无遗力，少壮工夫老始成。我相信耕耘与收获。做一次饭不难，做 3 000 次饭不易，切生鱼片简单，要把鱼片切得"握在手里有温度，吃到嘴里泪横流"却需要 30 年。

假装努力是没有用的，
因为生活不会陪你演戏

民以食为天，今天聊聊请人吃饭的事儿。

如果想请人吃饭，这个人又比较重要，一定要做做功课，比如他喜欢什么风格的饭，西餐中餐，辣的不辣的，荤的素的。基本调子不要错，就怕本来是广州人喜欢清淡，你来个湘菜馆，辣死人，肯定不行。

除了摸清基本情况之外，也需要严格限制人数。你要是求人办事，一对一是最好的。任何第三者参与，对方都会感觉是个风险，整个饭局可能就不会说心里话，提防着。如果不是求人办事，为了增加感情，可以找个人陪同，找什么人陪同，这是个大学问。

一般而言，如果对方还没有跟你建立一对一的深厚感情，陪同的人要做你的副角。也就是说，他来是陪你唱戏的，该配合你，显示你的重要性。如果反了，你自己成了配角，那么这个饭局就算是失败了，钱花了不说，浪费一个吃饭的机会才是最可惜的。

如果你们关系已经可以了，陪你吃饭的人可以叫一个德高望重的朋友,这样在饭局中可以提升你自己的社交效应。

当然一个人在社交环境中,除了把饭吃好,很多方面也很重要。

判断一个人已经开始走入上升阶段的标志有几点,我也多啰唆两句,这个地方算是敲一下黑板,你们自己去对照,看看是否已经做到了。

第一,你是否已经放弃了游戏、闲聊、刷抖音等影响学习和工作聚焦的行为,是否已经剔除了大部分的无效社交。

第二,你是否已经把作息时间弄明白了,早睡早起,或者抛弃懒觉,是否已经开始锻炼身体、跑步健身,甚至每天简单地走一万步,。

第三,你是否已经开始对家庭、孩子、父母有了责任心,是否开始主动做家务或者下厨。别跟我说大丈夫志在四方,你别忘了,一屋不扫怎么扫天下?

还有一个也很重要,就是你是否认识到,你的成功要靠你自己去争取,内心要强大,不要自卑。人要有执念,甚至对一件事情要有偏执精神,才能做到成功,永远不要寄希望于别人。

当然,我不是成功学专家,我给自己的定义是"生活艺术家",但是无论如何,我今天奉献的这点干货可以基本用来填饱肚子了。

最后,一定要记住,你假装努力是没有用的,因为生活不会陪你演戏。

你要真的玩命儿才行。

人就这一辈子,结局都一样,既然这样,为啥不去拼一下?

人心难测

日子过好了，请个阿姨在家成了中产阶级的标配。

但是找一个称心保姆的难度，不比找个媳妇轻松。

去年原来的阿姨回国办理退休了，我要找一个新的阿姨。朋友给我介绍了一个 80 后，过来面试，我称呼她为何芳。

我对她第一印象不大好，有两个原因，一是她手里拿着最新款的苹果手机，另一个原因是她手背有个刀疤。

保姆一旦有大屏幕手机就很麻烦，精力过多地投入在看屏幕上，既影响工作，也会影响安全生产。我以前的保姆都是用老年机的，也就是偶尔发发微信。其实理论上，我希望阿姨在一天的工作中可以收起手机，有事情中午休息或者晚饭后再处理。

关于手上的疤痕我会产生一些联想，怕阿姨有暴力倾向，或者因为感情纠纷自我伤害，毕竟她还是 80 后，不像以前的阿姨都五十多了，都有家，稳定。

这两个原因她都给了我很好的解释，说买苹果手机是用来学法语的,手上的疤痕是意外。当我问她为啥年纪轻轻出来做保姆,她回答自己以前是个护士,原来的环境不想待了,就出来打工了。

我说:"那你把身份证复印件给我,你试一个礼拜吧。"她说:"护照可以吗?"我说:"不可以,必须身份证。"

拿了身份证复印件查了一下,她并没有案底,不要护照的原因是用护照查不到这些。

没有犯罪记录,我就放心了。接着我就有工作回国了。刘太太和岳父母都在。

其间我问了几次,怎么样啊,新阿姨何芳?家人都一致回答我,能干,认真,效率高。

我隐隐约约还是感觉不踏实。

等我从国内回来后,刘太太告诉我一个小细节,说,新的阿姨有点个性,俩宝拿她的名字起了个小昵称,因为她叫何芳,孩子们管她叫"房子",她就不开心,说:"我不叫房子,房子是死的,我是活的。"很认真地跟孩子们生气。别的也没啥。她白天干活,晚上学习。刘太太为了鼓励她学习,还帮她买了一个台灯一个书架,放在她的房间里。

我们家阿姨的居住条件非常好,一个人拥有一室一厅,独立区域,洗澡和卫生间都是专用的,而且有个独立的门可以出入。

来我家工作之前,所有的阿姨我都会跟她们约法三章,就是不能把朋友带到家里,即使是独立的空间也不行。这个是做保姆的大忌,也是我的红线。

何芳来了一个月,门卫有一天跟我说:"你们楼最近经常来一个年轻的中国男人,会不会是去你们家的?好几次了,都是晚上来白天走。"

我看了看监控,拍了个屏幕照片,就觉着不对劲。

回家我把照片给何芳看了一下,我问:"你认识这个人吗?"她扫了一眼我的手机,没有细看,就说不认识,表情略不自然。

因为她的房间有个保姆门,可以从保姆楼梯走。如果刻意,跟我们的交通路线没有交集也是可能的。

为防万一,我做了两件事:一个是通知门卫登记一下这个人的信息;一个是我把保姆门的钥匙没收了,以后让何芳跟我们走一个门。

不知道是巧合还是别的原因,门卫告诉我,那个男人后来没有来过。

这个事情暂时告一个段落。

何芳依旧干得很好,滴水不漏,好像没有啥缺点。其实有些时候,阿姨越完美,我心里越不踏实,因为觉着是人就应该有缺点。

刘太太是一个细心的人,很多事情都是看在眼里记在心里。越小的事情记得越细。比如我上下班是买地铁票的,为了省钱,一次性买10张,14欧元,单独买一张1.9欧元。每天用两张,如果一个礼拜多用了一张,她就会问我去哪里了,干吗去了。

何芳来的第二个月,连续俩礼拜,我的地铁票都不够用。刘太太问我:"你不上班去哪里浪了?"我说:"就在办公室里浪,没有出去。""那地铁票怎么不够了?""也许是我丢了吧。"我回答道,俩人也就没有往心里去。

何芳一个礼拜休息一天。休息的时候,她早上坐地铁出去转转,晚上回来。很规律。

偶然的一次，我跟何芳聊起保姆的收入，纯聊天，就一起算了算她一个月剩下多少钱，收入减去支出，其中交通费用她把地铁票算成了 1.9 欧元。我说："你一次买 10 张多便宜，才 1.4 欧元。"她说她不知道，都是单张买的。

我们家阿姨要负责去中国城买菜，每个礼拜一次，买些熟食、豆腐、油盐酱醋啥的，交通来回地铁票我们报销。

刘太太有点怀疑我的地铁票是何芳拿的，好几次嘀咕这个事情。她不是担心这个票，票没有多少钱，是担心阿姨人品不好，偷东西。刘太太觉着，地铁票和我的钱包里的现金应该都丢过。

我批评了刘太太，说何芳干得很好，别冤枉好人，保姆在这方面很敏感，一旦怀疑人家，就等于要让人家走了。

那就找证据吧，为了安全，大家的安全。

为了看孩子，我们家的房间和客厅门厅都是全监控的，隐藏式摄像头，平时也不开，不在家的时候打开，兼着做报警器。阿姨并不知道。

我发现了一个细节。每次买菜阿姨回来都是凭小票报销的，来回的地铁票也要报销，最近的一次刘太太说："你把地铁票一起放进来，我好做账。"

晚上刘太太看了一下她报销的地铁票，是 1.4 欧元的，而且跟我以前用的地铁票是连号的。也就是说，何芳拿了我的地铁票。

我们心里很不舒服，这是个小钱，但是个大事。何芳不应该啊，她还是个大学生。

我说把监控开开，钓鱼执法吧。

果然在我们不在家的时候，何芳翻了我的钱包，拿的都是零钱，十块八块的,里边有个五百的,没动。

刘太太的意思是,不打算跟她说原因了,直接让她走吧,毕竟这俩月干活相当好,除了手不老实,也没啥。我说还是坦白吧,她那么小,以后路很长。

何芳哭了,她道歉,她说她也不知道什么原因,她不缺这几块钱,可她就是拿了。她还希望继续做,会改。

我说:"你要是再继续在我家工作,咱们都难,后边万一我家东西找不到了,即使不是你拿的,我也会怀疑你,对你也不公平。"我说:"你后边再去别人家,可不要因小失大,如果你实在忍不住,去看看医生也行。"

写这篇文章的原因,是上个礼拜遇见了一个老板,他家出事了。他们住在13区,前几天去度假了,回家发现家里被保姆里应外合搬了个干净,而这个保姆手背上有刀疤……

细思极恐,人心难测。

既上舌尖，又上心间

你们看的时候，一定要自动带着《舌尖上的中国》的画外音……切记啊！否则我白写了。我自己读了几遍，自动脑补动态画面，超级有感觉。

我又瞒着妈妈偷偷在京东上给她订了 50 斤猪肉。

（画面拍我妈妈带着满脸皱纹的微笑。）

无论脚步走多远，只有童年的味道熟悉而顽固，就像一个味觉定位系统，一头锁定小时候猪肉大白菜的美味，这是沂蒙山区特有的家常菜；另一头则永远牵绊着不远处的大别山腊肉，这种大自然的馈赠，是我认识刘太太的第一年去她家时的偶遇。

（画面展现我陶醉于两种美食的画面，一个是我儿时，一个是我 25 岁时。）

在我的心中，只要有了这两种美味，再寡淡的冬日也不会湮灭我内心"苍茫大地谁主沉浮"的豪情。它们也成为远在巴黎的我和父母妻儿的共同味觉记忆。

（画面，大山大河……）

在距离家乡一万公里的法国，我，今天起得特别早。我注意到，朋友圈里的老乡连日来陆续在晒腊肉，这种大自然的礼物，作为中国人最热爱的美食之一，据传已经有了上千年的历史。

（画面拍我起床，翻朋友圈，流口水……展现腊肉。）

鲜嫩的三层肉与食盐花椒碰撞，平凡的食材造就非凡的味道，配上一碗小米粥，就是带给人们一天活力的完美大餐。

（慢镜头，食材碰撞的画面。）

开车半个小时就能到达的"陈氏商场"早早开门迎客，各地忙碌的华人正在为新年的采购做准备，我手里的半张秘方指明了采购的方向，三层肉和前腿肉的色泽映射出了他们一个月后灿烂的未来。

（华人街过新年的画面。）

跟往常一样，装满了后备厢的我，仿佛注入了无限的活力。汽车欢快的马达声，载着归心似箭的我疾驰而去。

（歌曲"好日子"画面。）

岳父母早已翘首等待，这是他们心仪的食材。

（购物凯旋的画面。）

三层肉切条，后腿肉切块，加以佐料，一曲以肉为歌词、以方子为旋律的伟大作品，诞生在这个伟大年份。

除了腊肉，更高级别的手工香肠也登上了舞台。

十公斤上好的散养黑猪后腿、三公斤精致五花肉、三两30年的茅台、二两1982年的北京二锅头、塞纳河纯净河水、布列塔尼的粗盐、杭州空运来的徐同泰酱油，再加上千年流传、只传男不传女的秘方，轰轰烈烈的刘氏香肠，低调地来了。

（这个地方要拍细节，各个食材产区的绝美风景画面。）

灌香肠是借口，是由头，更是大家其乐融融围在一起享受的味觉记忆。简单的腊肉香肠，连接起我们的两个故乡。在时代的印记中，我已经习惯了用食物缩短巴黎与故乡的距离。

（一家人其乐融融画面，特写孩子们大笑，二宝门牙掉了……）

香肠灌好了，阳光以最明亮最透彻的方式，与新鲜的猪肉交流着，这是在践行汗水与美食的约定。枫丹白露地区特有的雨露，让香肠的口感更加立体，仿佛留住了大自然的恩赐。

（拍阳光，航拍枫丹白露。）

我在国外生活多年，见识过欧美餐饮的不同流派，但内心里，最怀念的仍然是儿时的腊肉香肠。满满地切上一盘，口齿留香。小时候，为了不让妈妈发现偷吃，我更偏爱拉上窗帘，在黑暗中享受这独特的美味。

（拍华侨形象，展现腊肉细节，肥瘦相间。）

香肠腊肉是食物，更是升腾的记忆。有了它们，口味的记忆让我想家，那个生命开始的地方。我们每一个人的一生都是走在回家的路上。在同一屋檐下，我们生火、做饭，用食物凝聚家庭，慰藉家人。平淡无奇的锅碗瓢盆里，盛满了多味的人生。在这里，我们成长、相爱、别离、团聚。

（拍"家"字、"人"字……）

灌好的香肠需要继续等待时间的验证。挂在院子里，微风飘过来，这是盐的味道，山的味道，肉的味道，阳光的味道，也是时间的味道，人情的味道。

（自行脑补……）

这些味道，既上舌尖，又上心间，让我们几乎分不清哪一个是滋味，哪一个是情怀。

生活真是不容易,到处是坑

俩宝要去骑自行车,总感觉我家的院子不够发挥的,就决定出去走走。

我陪着去了市政府大院,走路大约三分钟,其实就是隔壁,里面有儿童游乐设施、滑梯和跷跷板等。

最近是学生假期,孩子不少,都是家长带着,很多年龄差不多的孩子很容易玩在一起。我就在现场,一边看孩子,一边刷手机,(因为公园内无危险设施,否则看孩子时不建议玩手机)。

不一会儿,俩宝过来了,说:"爸爸,有两个小朋友想骑我们的自行车。"我说:"你们怎么回答的?"

大宝说:"我没有答应,让他们来找爸爸。"

果然,两个小男孩来了,问,能否骑一圈?

我说,不行。

当着俩男孩的面,我跟俩宝说:"知道我为什么说不行吗?两个原因,一个是你们的自行车是你们的私人物品,尽量不要外借。第二个,也是关键,你不了解这俩孩子是否会骑,万一发生跌倒碰撞,我们负不起这个责任。"当然还有一些涉及人性险恶的话,我没有说,比如,万一他们给骑跑了呢?

说完后,我问俩宝:"类似的事情你们以后会解决了吗?"

俩宝点了点头。

两个男孩一看我态度坚决,而且道理讲得很明白,也就不再坚持了。

这件事让我想起了王猛。

这是十多年前的事了,那时我还在做导游,不过跟其他导游不同的是,他们都去租车,我用之前做导游攒下的钱买了一辆九座车。当时在巴黎一辆九座车带着司机,工作10小时的工资是200欧元。但是如果租车,光车就要付出去100欧元,算起来还是自己买车划算。

我买车的时候,刘太太就跟我约定了一件事情,就是车买来,不外借,亲爹都不行。

我当时就答应了,新车,借出去我也心疼,再加上保险的条款不一样,出了事故也不好说,多一事不如少一事。

买了九座车之后,旅行社找我的很多。现在巴黎几乎所有的旅行社老板都跟我熟悉,原因不是我混好了,而是当初我几乎都给他们带过团。

天天有活儿,来钱也是挺快的。

巴黎做旅游的优势是全球独一无二的。一个是中国游客本来就多,还有就是法国是非英语国家,语言不通。加上那个时代没有普及网络,客人来巴黎找个司机兼导游是个刚需。

王猛当时就是我的客人之一。

我带他们在巴黎逛了三天。王猛是个大学讲师，口才好得不行，直接把我圈粉了。以至于第三天他说能不能把车借给他，他自驾去趟波尔多四天后就回来时，我想都没想就答应了，因为王猛这几天跟我灌输的主体思想之一就是有朋自远方来不亦乐乎，为朋友要两肋插刀。

所以，王猛来巴黎的第三天，我就把车给了他，一个人坐地铁回家了。

刘太太看我空手回家，问："车呢？"我说借给客人了。虽然刘太太跟我有约定，但是她有个好的习惯，就是既然已经发生了不可挽回的事情，她就不再追责了，也就是顺嘴说了一下："这个客人你熟悉吗？别把车开跑了……"

呵呵。

王猛真的挺猛的。车开走之后，我就找不到他的人了。约定四天之后归还，到了时间后我打他手机，关机了。

我的第一感觉就是害怕：不会出事吧？

我首先担心的还是王猛的个人安危，虽然后边证明我的担心是多余的。

找不到王猛，我有点慌了，因为这个团是王猛在一个网站直接联系我的。我除了见过这个人，连他的真名是不是叫王猛都不知道，他还有两个朋友（同伙）一起，姓啥都忘记了。

刘太太的话验证了。我看起来是个老江湖，但是内心无比纯洁善良，容易相信人，总借钱给别人，总遇到不还的，吃过亏，也没有记性，每次都说，借钱的朋友不像是坏人。

王猛又让我上当了，这次把我坑苦（哭）了。

我觉着，我这一辈子都再不会借车给别人了。

车不在，我损失惨重，因为生产工具没有了，工作就丢了。加上想念那辆车，每天都觉着这是个事。那段时间我超级郁闷，一是祈祷王猛安全回来，二是报警后到处在网站上发帖子，寻车寻人。

再次见到我的车是45天之后，在慕尼黑，德国。

那个时候我其实已经觉着没有希望了，保险公司的理赔程序都快走完了，按照"车辆被盗"索赔的。

多亏了我朋友多，巴黎的一个朋友认识我的车，他带团去德国天鹅堡的时候看见了，被一个中国的留学生开着，也带着团，他就要了这个人的手机。我赶紧跟这个留学生联系。

原来，王猛开着我的车"自驾"后，把车租给了这个小伙子，一天60欧，租了三个月，收了他4 500欧元，小伙子也是冤枉的。王猛还算是有良心，没卖车，不过，卖车的话我很快就可以找到，我报警备案了，一旦卖车，车主的变更信息会进入车管系统，自然就好找了。

终于有了车的消息，我喜极而泣。

我赶紧去了一趟慕尼黑，跟这个中国留学生说了一下来龙去脉。留学生也是通情达理之人，就把车还给我了，我退还了他1 000欧元，当作感谢，他也是受害者。交接之后，我从慕尼黑开了三天，回到了巴黎，那个时候的感觉真是幸福，就像找回了自己丢失的孩子。在路上，我一边开，一边笑，一边哭……

生活真是不容易，到处是坑。

到现在我都没弄清楚为啥王猛是个这样的人。现在想想，王猛肯定不叫王猛，大学讲师的身份也是假的，他就是来骗我的。

当然，这个人我再也没有见过，已经想不起他的样子了，即使再次碰面，我估计也没有任何波澜了。

已经翻篇了。

对我来说，找到这辆车已经是最好的结局，好人一生平安。

我和刘太太始终在安慰自己，还好不是发生了事故。

做导游的那段经历是人生最美好的回忆之一，碰过的事，遇过的人，走过的路，掉过的坑，赚过的钱，都是一个个精彩的故事。现在想起来，大多数都很温暖，至于吃过的亏，那算是福。

好人总有好报。

宁可不识字，不可不识人

大宝昨天回来抱怨，说假期里新认识的朋友骑马非常好，跟她也很好，但是有一点不好，就是总在她面前说别人的坏话，包括老师的。

我跟大宝说了一句，我说："这样的同学要慎重交往，她今天在你面前说别人的坏话，明天就会在别人面前说你坏话。"

我认为人的性格是改不了的，是天生的，生活中可以改变的是教养。也就是说，你天生性格不好，但是如果被充分地教育或矫正，你看上去性格也会非常好，可以收住棱角，去温柔地处事待人。

生活中我们经常会遇到一类人，这类人眼睛里全部是别人的毛病，并且口无遮拦，指责别人的时候喜欢加上一句"我就是性格比较直有啥说啥，你别介意"。

有些看客也会帮他打圆场，说："这个人就是脾气不好，人不坏。"

那怎样才算是一个坏人呢，难道只有杀人放火了才是坏人？不一定。我百度了一下"坏人"，希望找个定义，但是遗憾的是百度百科并没有坏人这个词条。这说明了一点，坏人的定义太难了，自古以来，并没有统一的描述。

看来在这个世界上，坏人是五花八门的。

很有意思的是，百度百科里，"好人"的词条就有，指的是有善心、宽厚待人的人。所以，你看，做一个好人非常容易，只要稍微努力一下就好了。

好人和坏人没有明显的不可逾越的鸿沟，坏人身上也有好人的特质，好人身上也有坏人的缺陷，大部分人都有人格分裂的症状，只不过环境的约束让人们无法随心所欲罢了。

对我来说，坏人的界定也特别简单。

当面或者背后说别人坏话的人就是坏人，并且是很坏的坏人。人类历史上最坏的人，往往就是这种人，他们既出现在古代的朝廷里，又流窜于我们现代的生活中，从偏远乡村到前卫都市，都广泛地存在。

我曾经安利给所有人一句话，那就是"人前说真话，人后说好话"。这个看起来简单，做起来太难了。因为当事人不在的时候，人们愿意去表态爆料，有时候还愿意扔石头。

我几乎不在背后评价别人，当然表扬除外。对朋友、同事或者领导，在跟其他人聊起来的时候，我看到的全部是人家的优点。即使别人在我面前讨论或者负面评价别人，我也是尽快转移话题，不去做倾听者。因为对别人，我自己有自己的见解，这种见解跟其他无关。

对于公司的同事，我最不喜欢做的事情就是在 A 同事面前，问 B 同事怎么样，更不允许同事打小报告。我对人没有道德洁癖，我要求自己做到的，对别人不要求。你只要干好自己的本职工作就好了，至于你下班之后，跟我无关。

但是对于挚友，我的要求又非常严格，一个必要条件就是相互喜欢。我经常说的话就是你喜欢我没用，我得喜欢你才行。那些我不喜欢的，我不会去想尽办法做朋友的，周围的人那么多，不一定非得在一棵树下撒尿，况且都不一定能尿到一个壶里。

人性就是这样，你把心掏出来看，就像一层层地剥洋葱，最后会辣眼睛。在人体的构造中，为什么人心要隔着一层肚皮，而不像眼睛鼻子一样长在外边？就是为了保护自己，也保护别人的，怕你看清楚了，伤害着你。

总之吧，我在江湖混战多年，风景的确是看多了，加上我善于总结，身份已经超越了江湖郎中。我是一个万花筒，也是一个垃圾箱，自己可以发光，也可以帮你隐藏，不远的将来，我就是一个智者。

对我来说，境界到了，宁可不识字，不可不识人。

面对再繁华的世界，都应该有一颗平静的心

晚上加班，从办公室走的时候快八点了。

最近刘太太和孩子们住在乡下城堡，我今天回巴黎上班不想往乡下跑了，就一个人住在巴黎。

每次回乡下，巴黎家里的冰箱都清空了，连个鸡蛋都没有。本来想回家煮面，但是没有鸡蛋，感觉面不好吃。不知道为啥，我就酷爱鸡蛋，吃不够，多亏鸡蛋不贵，否则就要被我吃穷了。

因为没有鸡蛋，我不准备回家自己做饭了，再说了，一个人做饭一个人吃，没啥动力。

想起了朋友前几天说香榭丽舍大街办公室附近开了个兰州拉面馆，我就想去试试，一是省得自己做饭，二是去考察一下。如果好吃的话，带着俩宝去吃，她们爱吃面。

看了看地图，走过去要八分钟，我就打了个电话问了问晚上是否需要排队。面馆回答我，晚上人不多，中午人多。

我去餐厅吃饭，再好吃也不愿意排队，时间成本太高，我已经过

了为了一顿饭而去苦苦等待的年纪了,我决定去。

刚关了办公室的门,刘太太电话来了,问我在哪儿,我说还在办公室呢。又问,去哪里吃饭?我说,要去吃拉面,回家就不开伙了。她说,一个人啊,多寂寞,找个人一起吧。

我心想也行。

放下电话去隔壁办公室找美女同事芊芊。芊芊是个努力的女孩子,我加班的时候,她一般也在。我提出来,说:"芊芊,咱们一起去吃拉面吧。"

被她拒绝了,说晚上工作完不成,目前走不开。

那我就单刀赴面馆。

晚八点的香榭丽舍大道灯火通明,办公室大门外游客熙熙攘攘,一波波化着烟熏妆的俊男靓女欢声笑语地走在灯光灿烂处,一排排尾灯组成了车龙,摇摆在霓虹灯下,美极了。

二月的天气冷暖适中,我出门才发现不用穿外套,春天来了。

又是一年。

虽然每天在这里上班,却好久没有独自惬意地走在这条世界上最美丽的街道上了,这感觉熟悉又陌生。

顺着香榭丽舍大街往协和广场的方向走,拐一个弯就到拉面馆了。

我一边走路,一边看风景。

出门对面就是麦当劳,这是世界上营业额最高的餐厅,没有之一,也是我曾经的食堂。最近因为体重控制不住,戒了。不过仔细一想,麦当劳汉堡的热量其实不高,比起中餐馆一碗过油的炒面,汉堡算是谦虚得很了。但是因为麦当劳的全球化取得了重大的成功,加上执行了标准化模式，降低了客单价。因此，大部分人给这种普通老百姓都可以吃得起的快餐打上了"垃圾食品"的标签。

麦当劳冤枉。

"垃圾食品"这个标签麦当劳是摘不掉了，无论它如何努力，人们对它的定位就是一家不健康的快餐，其实世界上比它垃圾的餐厅多了去了。

到哪里说理去？

我们做人也是，如果一开始定位不好，人品坏了，名声一旦传出去，再去改掉就很难了。所以，在成长过程中拥有一个好标签十分重要。

再往下走，我发现香榭丽舍大街上已经伫立几十年的标致汽车展示店竟然不见了，取而代之是富丽堂皇的宝格丽珠宝。

我还是感觉很可惜，或者是惋惜，传统行业的底裤被珠光宝气的奢侈品脱了个干净。

没办法，世界在变。

我记得去年去慕尼黑，路过宝马总部的时候，我还在想，谁会预料到牛了几百年的宝马汽油发动机有一天突然不被需要了呢？好端端的，电动车就出现了，比如吉利，一下子就成为汽车行业的领头羊。

我又想起了柯达胶卷，冤不冤？你好是好，可是我不需要了。

紧挨着原"标致"汽车的隔壁，又新开了一家苹果手机专卖店，据说是宇宙最大的旗舰店，香榭丽舍大街的物业出奇的贵，苹果真是财大气粗。

不过，再大的店我都没有欲望进去了，因为我被华为圈粉了。

比起苹果，华为算是低调得很。

不过这两天，华为好像出尽了风头。

昨天在巴塞罗那，华为手机推出了最新款的 Mate X，我分析 X 就是牛的意思吧。这款可以折叠的手机，把我羡慕得不行。

可惜我的华为保时捷版了，花了好几万，马上就要退出历史舞台了。

我把折叠手机的截图发给了华为的法国总裁施老板，我说："想想办法，尽快帮我搞一台。"

施总回复，还在工业调试阶段，目前还没有量产。他答应一量产就第一时间通知我。

没有别的原因，我就是喜欢。

八分钟的路，走走停停，用了半个小时。街两边除了鳞次栉比的商店，还有人行道上不停吆喝的商贩。烤栗子的香味袭来，好几次都想停下来尝一下，不过远方的面就在眼前，再说我也很久没有吃拉面了。

巴黎真是个纸醉金迷的世界，有鹅肝牛排，也有兰州拉面，满眼望去的荣华富贵也只不过是斗转星移的寄托，钱财都只不过是至公之物假手于人罢了。

面对再繁华的世界，都应该有一颗平静的心。

我准备好好吃面，写出更精彩的明天。

一直在路上

前几天去的兰州拉面馆的位置很好,靠近香榭丽舍大街的地铁站。

店面比较醒目,进门就是一个操作台,在大街上通过透明的玻璃可以看到大师傅拉面条的场景。

餐馆比我想象的大,大约有一百个位置,装修得五颜六色的,略风骚。

选择挺多的,最经典的兰州牛肉面售价 11 欧元,除了这个经典款还有海鲜面、素面等。我点了一碗兰州牛肉面,怕不够吃,加了一份酱牛肉 8 欧元、一份拍黄瓜 5 欧元,一共是 24 欧。

香榭丽舍大街附近这类餐馆的特色就是中午人超级多,因为大部分上班族都要在附近解决吃饭问题。晚上的时候比较冷清,我去的时候正是饭点,也就是十多个人。

美女服务员比较业余,没有明显的服装标志,靠眼力才能看出是个跑堂的,也没有太多点菜经验,比如我就一个人,点菜的时候服务员就要有个总控意识,控制菜量。如果有人要了一碗面、一盘牛肉加一个素菜，基本就要叫停了。因为再点多了吃不完，浪费，另外客户体验感也不好。

如果我做个点菜的服务员，我一定是要察言观色的，通过对这个人的整体判断来评估他的消费能力或者消费欲望。特别是对那个请客的，既要做到给他面子，又一定要帮他控制局面，省钱。

这个服务员显然不太懂套路，我点了三个之后还继续问我，还要什么。

我回了一句："你觉着这么多我一个人够吃吗？"她就笑了，说："够了，够了，我们分量挺大的。"

先上的牛肉，一大盘，比我想象的多，拍黄瓜的菜量也不少，我的感觉就是不上面差不多也可以吃饱了。

如果我是老板，我可能就要换个思路了。中午大部分上班的人消费都不会很高，我觉着一个人来的话也就是11欧元的消费，因为再加任何一个凉菜都会超支，如果中午的消费到了16欧或20欧以上的话，上班族基本没有这个预算。

对于晚上的客人，可以配备套餐，比如一碗面，加一份牛肉、一份素菜，控制在15欧元左右。把牛肉和素菜的菜量降低，换成小盘，客人消费时就方便了。甚至这个15欧元的菜单中午也可以推荐给客人。

牛肉面算是很正宗的，就是量稍微小了一些。其实在餐厅成本中，食材的费用比例是最低的，不如把面的数量增加，直接让客人吃饱，或者干脆增加一个选项，设置大小碗，让肚子大的，吃个痛快。

鉴于中午的客人流量是存在的，那么营业额的重点开发要放在晚上，想办法晚上可以翻台，让利润最大化。因为房租人工水电基本上是固定的，晚上做的就是增量市场，可以让餐厅彻底赢利。

我个人不觉得这个餐厅会很赚钱，刚开始客人存在新鲜感，对于新的餐厅业态很好奇，但是保持长久的盈利能力是相当困难的。开餐厅的老板不能做甩手掌柜，从厨房的管理、进货出货的安排，到菜品的把握乃至收银的控制都是不容易的，任何一个环节出现了问题，都会削弱餐厅的赢利能力。

还有一个致命的，就是将来的同业竞争。

如果这个兰州拉面火了，持续火了，那么按照中国人的做生意方式，就是我也开一家，就开在你隔壁，你11欧元，我就卖10欧。

你的餐厅门面大，我的可以小一点，成本更低。

如果出现了同业竞争，大的餐馆就会首先死掉，因为没有太大的竞争力。所有你曾做过的事就等于帮助那些后来开的兰州拉面馆教育了市场，你做了开拓者，但后来者获利。

很久之前我就想在巴黎开个餐厅，曾经做过两个梦。

一个梦是跟一个土豪一起做的，做一个全巴黎最贵的餐厅，门口摆上两辆布加迪，餐厅内部豪华装修。客人打电话来永远没有位置，必须提前预订。请最好的师傅，套餐起步价就是399欧元。不允许客人点菜，客人永远不知道吃什么，都是厨师随机发挥。红酒"拉菲"是基本款，"康帝"也是正常的。出入的都是达官显贵，身价不上亿不敢来。餐厅没有想着赚钱，就是要打造成一个社交平台，全球的富豪来巴黎必须来我这里打卡，否则就是他不够有钱，圈子一旦起来了，总统也会来找我了。

可惜这个餐厅因为那个土豪身体不大好没有落实。

还有一个梦就是开一个面馆或者河粉店，8块钱一碗，专门服务于老百姓，走量也很快，一个中午翻台好几次，物美价廉，标准化，这个投资不会很大，不用太好的厨师就能做，按照配方来就行。

类似于今天吃的兰州拉面，不过不要开这么大，30个位置就好，就雇一个人拉面，刘太太收钱，我跑堂，那日子，想想就开心。

最近，很多人问我的未来在哪里。实在说，我真的也不知道，唯一知道的是现在的很多理想还没有实现。我这么多年来一直在创业的路上，只不过运气比较好一些，几乎所有的项目都成功了，赚得不多但也没有赔钱。

最近除了好好工作，每天就是敲敲字，跟你们聊聊家常，有时候加点鸡汤，有时候（比如今天）也很清淡，但是无论如何，我们都会天天见。

这就是我最大的期待。

第九章

一个故事就是一个回忆

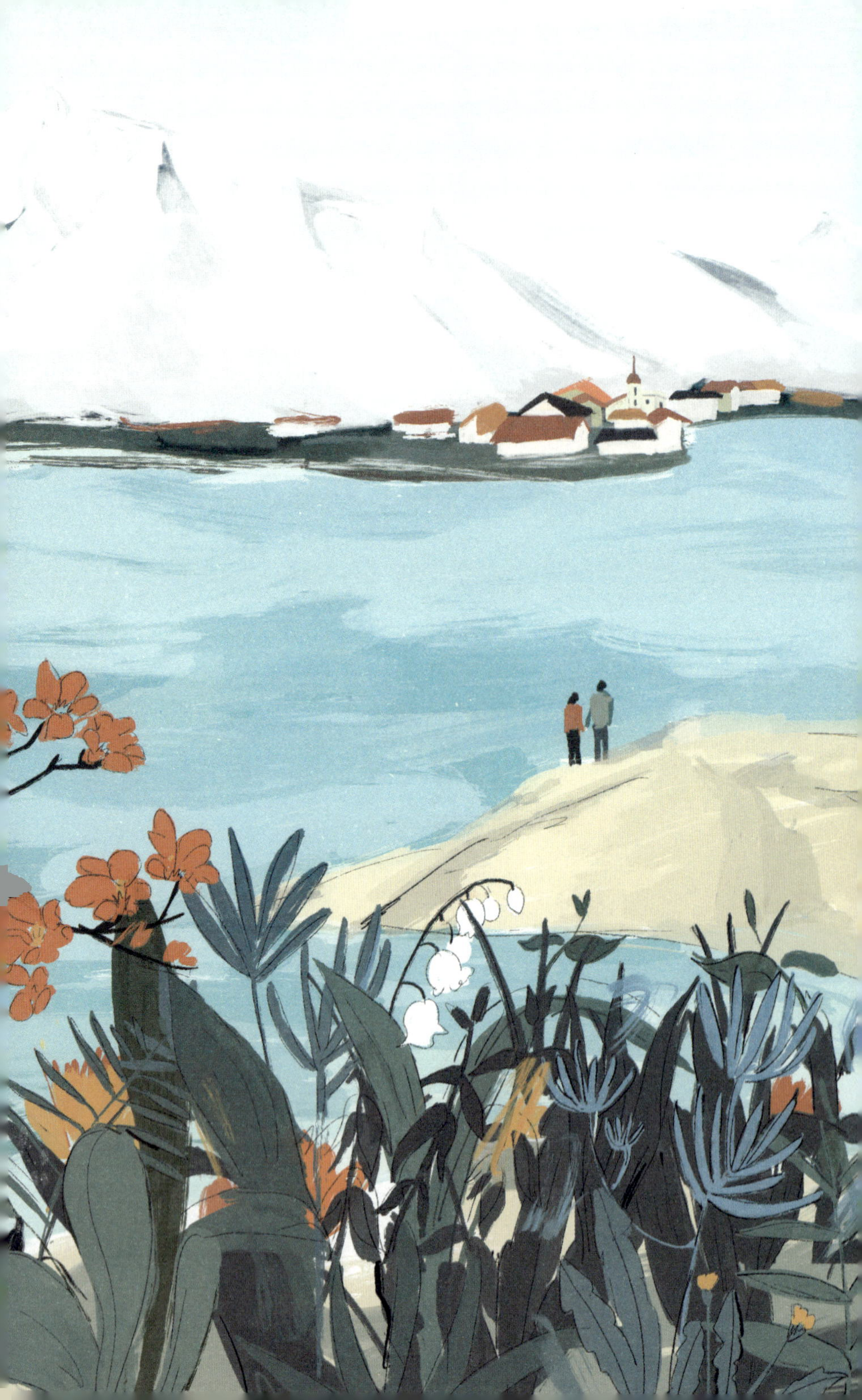

西西里不哭的木棉花

瓶子的故事我尘封了三年,直到上个礼拜我去了西西里,才想把她的故事讲出来。没有任何煽情的部分,我就是尽量还原在空中跟瓶子交流的原貌,希望跟你们分享。

前几天我去了一趟西西里。想起了那个女孩,她叫瓶子。认识瓶子是在三年前。她是一个美丽的小女生。

我们是在罗马机场偶遇的。人与人,最难解释的就是缘分。我跟瓶子的认识也不例外。我住在巴黎,而她在意大利的西西里。因为有紧急的事情回国,那天巴黎到北京的航班满员,为了用掉积分,我继续选择了国航,决定从罗马转机。瓶子那天也回国,从卡塔尼亚到罗马。不巧的是,到了罗马,飞机也满员,我们两个人因为不同的原因,都在等待名单上。

我心急如焚,因为第二天我必须回去,北京有个我的主场,那事儿的重要程度就是,感觉地球离开了我都不会转了。我果断地冲向柜台，申请被优先对待。服务人员告诉我，我和瓶子都在等待名单上。我要先走。再次跟地面乘务员表达了我的决心。不过，乘务员告诉我，如果就一个位置，理论上，女士优先。

男女不平等的结果就是，面对女士优先的规则，我无处反驳。

当时我感到莫大的失落，后悔非要选择国航转机，早知道就选择别的航空公司了。

当时瓶子就在我旁边，戴着耳机，在乘务员说女士优先之前，我都没有注意到她。

而就在你死我活的竞争背景下，我开始对她刮目相看。

我至今都还记得，穿着一件红色羽绒服的瓶子，如同木棉花一般纯洁安静。红着一张小脸的她，带着一抹青涩的淡粉，陶醉在自己的耳机音乐里。

又是一个冬天。罗马的机场外飘着小雪，在傍晚的灯光下，她雪白的肌肤跟雪花一起摇曳着。机场路面上被来来往往的服务车辆画出了一幅幅抽象画，意境非凡。

那一刻，其实我也释然了。飞不了就算了，也许有一个短暂的罗马假日在等待着我。

飞机离关舱门还有 20 分钟。我内心依然怀有期望，应该有很多人会因为下雪误机。当时乘务员还告诉我还有四个位置。如果有两个客人不来，我就能走。

努力的人总是被幸运眷顾。最后一刻，我和瓶子都有了自己的位置。在紧急出口的那一排里，我和瓶子被安排在了一起。

"你也到北京？"这是我跟瓶子说的第一句话。

因为戴着耳机,她很礼貌地跟我笑了一下,摘下耳机,说:"对不起,你跟我说什么?"

我说:"你也到北京?"

她一笑,说:"我不到北京,我到半路下去,哈哈。"

面对无聊的搭讪,她很幽默。

我们都笑了,算是认识了。

瓶子告诉我,她叫许茹萍,一个很琼瑶的名字,大家都喜欢叫她瓶子。她是一个画家。为了追求她爱的那个男人来到了西西里。大四就辍学了。

女孩放弃学业,远赴西西里岛,这是怎样的一段感情。

我一直很好奇于这样的爱情,这样注定精彩的故事。

可能是因为我的长相令人感觉到安全,也可能是因为我们都在等位,同病相怜,更可能是因为我的好奇,飞机起飞后,瓶子断断续续地跟我讲了她的故事。

时隔三年,我不太可能回到空中听瓶子讲故事时的意境。但是,她悲伤的爱情故事让我在今天依然记忆犹新,她是一个幸运的女孩,也是一个不幸的女孩。

希望你们听我讲完。

瓶子和她的男朋友在丽江相遇。大一那一年的暑假,她只身去画玉龙雪山的云,错过了最后一班缆车。在寒冷的傍晚,来雪山徒步的帆看到了她,带她下了山。

帆是北京大学的高才生,学习物理却喜欢探险,碰巧遇见了瓶子,当时的瓶子冻得瑟瑟发抖,帆把自己的棉衣给了她。

下山后他们就熟悉了。

丽江是一个容易产生快速感情的地方,他们也不例外。

认识后一个月,他们就在一起了。

瓶子问我:"你知道我为什么要跟他在一起吗?"

我说:"因为他帅,又是北大的。"

瓶子不屑地看着我:"亏你还是过来人。"

瓶子说:"在这个世界上,很少有人为你的灵魂停留片刻,很少有人在拥抱你身体的时候,将你的灵魂一起拥抱。而那一刻,在玉龙雪山,我冻得发抖,帆在拥抱我的时候,我感觉到他紧拥着我的灵魂。于是,我们相爱了。"

爱情从未按照常理出牌。

瓶子和帆都在北京上学,火热的爱情就如青春压不住的气息,瓶子彻底陶醉在有了帆的生活里。

在认识的第二年,帆要去意大利留学,其实他是学习原子物理的,那里有他的前途。

帆对瓶子说:"我先去意大利等你,你毕业后就过来找我。"

瓶子说,她当时不能没有帆,她一刻也离不开他,于是她决定辍学,跟帆去意大利,顺路学习画画。

就这样,他们一起去了意大利,去了美丽的西西里。

帆家境殷实，在他们去西西里之前，帆的爸爸已经在西西里给他们买好了房子。

瓶子说，跟帆一起在西西里的生活简直太美了，帆性格超好，很懂得照顾她。

他们的房子就在海边，每天面朝大海，春暖花开。

那是他们最快乐的一段时光。

帆对徒步一直非常着迷，每天都在研究地图，希望能走完西西里的每一块处女地。

瓶子永远忘不了那个周五的下午。

帆从学校回来，兴奋地拿着一张地图，对瓶子说，意大利最著名的徒步旅行专家巴齐去他们学校了，跟他交流了很久。巴齐在西西里中部的无人区画了一个圈，告诉他，这是西西里的徒步圣地，值得每一个人去朝拜。

瓶子当时也很开心。几年来，帆带瓶子走过了很多美丽的地方，瓶子的画笔从没有停过，帮助帆用色彩记录了每一次精彩的旅程。

这一次，要去著名徒步专家巴齐的推荐之地，是帆来西西里的梦想之一，瓶子也特别期待。

决定去西西里徒步无人区的前夜，帆和瓶子去了一个意大利餐厅。

帆要请瓶子吃顿好的。

帆开玩笑说："瓶子，巴齐跟我说这个无人区很危险，需要花72个小时，虽然我们做了最充足的准备，但是万一我回不来怎么办？"

瓶子说："那就死在一起吧。"

帆突然抓住了瓶子的手，说："瓶子，上帝保佑我们。不过，你还是要答应我，万一遇到危险，你一定要想办法活下来。"

帆又说："放心吧，我们是幸运的，不会有事的。"

西西里是意大利南部的一个自治区，占地25 000平方公里，人口数500万，是意大利最大的区，同时也是地中海最大的岛，在古中国被称为斯伽里野。这次他们去的无人区，是一个名叫"里野"的地方，据说数万年前被火山摧毁后，又被海水淹没过，沼泽湿地连成一片，植被茂密，风景非常迷人。

瓶子和帆到达无人区里野外围，在一个小村庄里休整。这个小村子只有十几户人家，大部分是老人。他们借宿在一个名叫罗纳的老爷爷家，老爷爷已经79岁了。

听说他们要穿越里野，罗纳给他们饯行。罗纳说，他们家族在这个村子里生活了几百年了，一直守在这里不愿离开，因为里野太美了。多年来，他们看到了很多年轻人离开村子，去了外面的世界，也看到了村外的很多年轻人来到这里，探索里野无人区的美丽风光。他感谢帆和瓶子的到来。

出发前罗纳老爷爷给了他们每人一串石头项链，说："里野无人区虽然美丽，但是危险很多。我们村里有个传统，戴着石头项链的探险者，可以用石头碰撞的声音提醒上帝保佑自己，这样就能旅途平安了。"

瓶子和帆戴着罗纳的石头项链，带着最齐全的装备，开始了里野徒步之旅。

讲到这里，瓶子突然问我："你徒步探险过吗？"

我摇了摇头。

瓶子说："我以前也不理解，直到跟帆旅行了几年，我才知道，徒步探险对于帆的意义，对于我的意义，对于人生的意义。"

徒步会上瘾的。

瓶子说，常有人不解地问，为什么要背着大包不远万里去徒步？

其实，徒步是某种意义上的苦行。帆和瓶子，生活一直优越，未曾苦过。而徒步完全靠个人的能力而不是外力，只靠自己的双腿而不是机械的力量，只能自己一步一步地丈量，一点一滴地感受，没有车辆可以代步，没有外力帮你负重，无从选择，无法回头。回头还是同样的大山大壑，不如前行，因为前行终有尽头。你只有一个选择：玩命爬，玩命走，忍受永无尽头的 Up and Down（上上下下），忍受永无尽头的苦累，哪怕累得吐血崩溃，也只有一个念头：你得走下去。

听到这里，我对他们肃然起敬。

瓶子继续说，徒步中所看到的景色是你用其他方式永远无法看到的。当你站在开阔的垭口之上，感受着吹来的寒风，积雪的峰峦在眼前叠嶂起伏，皑皑白雪在阳光下熠熠生辉，那也许已累积了几千年的积雪静静地注视着你，并不因为你的到来而动容。此情此景只会让你气血上涌，咽喉哽咽，甚至痛哭流涕，纳头膜拜。

走在雪山环绕的砂石路上，你会为自己而感动，而骄傲，甚至自豪。也许只是看到高高的玛尼石堆，或者远处升起的袅袅桑烟，你就能领会到全身心的感动，为你所不知的某种东西无名地感动，直至心无旁骛地享受行走的痛苦与快乐。

瓶子陶醉在对徒步的热爱里，而我理解的是：瓶子是爱屋及乌，她已经被帆彻底征服了。

据瓶子转述罗纳的话说，他们俩是罗纳见过人员最少、最年轻的探险者。第一次踏进里野的无人区，瓶子和帆都异常兴奋。里野太美了，火山喷发后形成的独特风景，大片的森林配上大面积的沼泽地，还有飞翔着的无数鸟类……他们都醉了。

在飞机里昏暗的灯光下，我无法看清瓶子的表情，但从她的语气中，她对于自然的融入，我体会到了。

"你们走了几天？"我问瓶子。

瓶子说："我走了18个月，帆走了3天。"

帆在第三天即将走出无人区的时候出事了，误入了沼泽地，没有走出来。

"你当时在哪儿？"我说。

瓶子说，她就在帆的身后，帆是无意中掉进一个沼泽点的，她看到的时候，帆已经在挣扎了。但是，不知道为什么，也许是因为帆的眼神，她没有一起跳下去。

"跳下去，你也上不来了。"我说。

瓶子说，最后一刻，帆把石头项链扔给了她，希望上帝保佑她走出去。

瓶子永远不会忘记帆的眼神，那是爱，是渴求，是无奈。在依稀和迷糊中，她看到了帆的泪水。那一滴滴眼泪，被无限放大，笼罩了瓶子的整个灵魂。

帆就这样走了，如同一朵云，看似在眼前，却去了永恒之地。

在飞机轰鸣的背景音中，我依稀中看到了人世间的孤单和绝望。

"你后悔去吗？"我问瓶子。

瓶子说，她不后悔，如果帆还在，帆也不会后悔，因为那是帆的理想，或者那就是帆的生命。

（写到这里，我想起了郭川，希望他能够活着回来。）

"后来呢？"我问。

"后来，我走出去了，搜救部队找到了我。"但是，瓶子说，她的身体走出了西西里的那片沼泽，心却留在了那里。

再后来，瓶子和紧急赶来意大利的帆的爸妈一起，尊重了帆的意愿，把他安葬在西西里的一块墓地里。墓地在一座山坡上。瓶子帮帆选了一个面对阳光、面对那片沼泽地的位置，她期待，帆永远生活在西西里，生活在他的梦里。

后来，瓶子又回到了罗纳所在的那个村子，生活了18个月，直到罗纳去世。

瓶子说："18个月里，我希望多陪陪帆，也希望能够把我的心带回去，不要留在里野，不要留在西西里了。"

听到这里，我没有再问瓶子任何问题，不想再勾起她任何对于西西里的回忆。

我说："你睡会儿吧，瓶子。"

瓶子睡着的时候，安然而清纯。岁月对她并不公平，好在她已经有了重要的经历，愿接下来的岁月善待她。

罗马离北京将近1万公里。

而飞机终究要落地。

乘务员打开了窗子的挡板，阳光折射在瓶子的脸上，她醒了。

瓶子醒来后的第一句话，是对我说："认识帆之前，有很多男孩对我说过'勿忘我'，但我都忘了他们。直到今天，只有帆，是我永远忘不了的。"她突然说了一段英语："Of all the boys who asked me to remember them, the only one I remembered is the one who did not ask.（在所有祈求我不要忘记他的男孩中，我唯一没有忘记的，反而是那个从未祈求过的人。）"她说，帆就是这样的男人。

瓶子说，她记得，三毛说过，一个人至少应拥有一个梦想，有一个理由去坚强。心若没有栖息的地方，到哪里都是流浪。

她理解帆。

我突然想三毛了。她和荷西在另一个世界一定都还好。

我问："你会忘记他吗？"

瓶子说："有些人会一直刻在记忆里的，即使忘记了他的声音，忘记了他的笑容，忘记了他的脸，但是每次想起他时的那种感受，是永远都不会改变的。

"但是，我又必须忘记，我的人生还需要继续，这也是帆的意思。"

真想哭。

下了飞机，我们在首都机场等行李。

奇怪的是，瓶子只带了一个小包，其余什么行李都没有。

我很好奇，问："瓶子，你的行李呢？"

瓶子说："我没有行李，我把一切都留在了西西里，留在了我的记忆里。从落地的那一刻起，再也没有西西里。"

我突然特别伤感。
首都机场竟然也在下雪。
十多个小时的航程中，我都在断断续续地听瓶子的故事。
有些记忆，虽然残酷，但我们都不会忘记。
我理解瓶子为什么扔掉了所有可能引起回忆的东西。
就为了忘记曾经的西西里。

我突然插了一句话，我说："瓶子，你是塑料瓶子还是玻璃瓶子？"
她回答我说，她是一个装在玻璃瓶子里的塑料瓶子，外表易碎，内心坚强。

我是一个特别容易动感情的人。
对周围人的悲伤都会感同身受。
对于刚刚认识的瓶子，我无能为力。
人世间最不缺少的就是爱情，
而，最紧缺的，也恰恰是爱情。

我跟瓶子说："如果没有结婚，我会娶你，就为了让你幸福。"
瓶子笑了，她说："可惜世界上没有如果。你要娶的不是我，也许是对我的同情。不过还是谢谢你的安慰。"

没有行李的瓶子要走了。

我们就要告别。

虽然萍水相逢,但是,十多个小时的交流,彻夜未眠的畅谈,让我对这个女孩有了深深的敬意。对爱情,对人生,我感觉自己有了重新的认识。

北京的冬季依旧是洁白的。瓶子红色的衣服在机场雪地的映衬下极为灼眼。我眼里突然很湿。就此一别,我们今生再无交集。

瓶子给了我一个深深的拥抱。

她说她会记着这个一起在空中彻夜长谈的日子,也会记得我对她的开导。

她说,这些年的青春涟漪,以及跟帆的种种回忆,只不过是人生的一个插曲,而路,还需要继续。

她说,也许我们还会再见。

她说,人生百变,或许明年她还会遇到自己的另一份真爱,遇到更好的朋友……

她依然相信未来和爱情。

她说,谢谢我听她的故事,她有一本书要送给我,上边有帆在扉页上亲自写的一段话,本来想在身边留着,飞机降落的那一刻,她决定送给我,因为从这刻起,她要重新开始。

我静静盯着这个素昧平生的女孩。她的眼神是那么坚韧,但我却感受了她的柔弱，突然好想保护她，就像保护自己的妹妹。

我和瓶子挥手道了别……她潇洒地离开，我目送她走出出口，红色的衣服逐渐变得模糊。

她没有再回头。

我翻开了瓶子留给我的书，扉页上有帆的清秀笔迹，写的是三毛的一首诗：

> 如果有来生，
> 要做一棵树，
> 站成永恒，
> 没有悲欢的姿势。
> 一半在土里安详，
> 一半在风里飞扬，
> 一半洒落阴凉，
> 一半沐浴阳光，
> 非常沉默非常骄傲，
> 从不依靠从不寻找。

直到今天。

我和瓶子再未相见。

一个故事就是一个回忆

我的日记中出现了若干美女,至今为止很多读者都希望看到后续,有些角色已经融入我的文章甚至是我的生活里。

一个故事就是一个回忆。

我时常想起她们,例如在西西里遇到的美丽的木棉花,好想知道她现在过得好不好,在哪里,有没有找到自己的爱情,如果人生能够重来,我一定会加她的微信,不让她跟我分开。

还有赵苗苗,那个差点成为刘太太的女孩,让我听着音乐就会想起她的翩翩舞姿,好久不见了,也不知道她还好不好。

还有在巴黎经常会见面的孔雀、莹莹、周小薰……

这些人构筑了我生活中的很多场景,有些画面无比温馨,我常常感叹生活赋予我的美好。

如果时光可以重来,我也会暗示自己,不要再去改脚本了,我已经活成了我的梦。

最近收到若干读者来信，给我写信的都是热爱生活的人，言语中充满着对未来的美好追求，大多数人喜欢我坚持、乐观和不抱怨的人设定位，并表达了对我的感激，觉着我文章中表达的理念影响了他们。

我认真地一封封都看了，有的回复了，有的没回复，没有写回信的希望你们理解我，不是我不愿意回，而是实在没有时间。我也不去空头许诺我一定会回复，但是你们的这种真诚我已经感受到了，在此一一致谢，并祝福你们一切都好。

我在群里号召的几个事情都得到了热烈回应。大部分人不仅仅是参与，而是跟我捆绑在一起，释放共建的激情。你们的情怀和实际行动给了我信心和鼓励。人生有很多第一次。我有幸，我的第一个读者群、第一次脱口秀、第一本书都可以与你们一起分享，一起见证。

谢谢你们。

上个礼拜天我在巴黎举行了第一次收费演讲，来的人的层次出乎我的意料，大部分参与者都已经是生活中的成功者，这也说明了，越是成功的人越喜欢去学习、聆听或者分享。在他们给我反馈的感想里，我看到了自己的价值。这种讲座的意义也不仅止于此，有些人或许会成为很好的朋友，因为在巴黎的某一个角落，有我们曾经的擦肩而过。

举办沙龙的主人是一位情怀女王，北大毕业的她，做的事情就像她的名字一样——"宣言"，宣而告知，言出必行。她只做最好的。几年前在巴黎最好的区域之一开了家餐厅，取名"玫瑰岩"，中式味道，西式摆盘，以自己的风格捕获了越来越多的食客的心。

除了美食，一年前宣言女士举办了她的第一期沙龙，取名为"玫瑰岩的星期天"，创意来自于福楼拜。最初的目的就是希望开拓一个相互交流学习的平台，增加餐厅的知名度，没想到反响出乎她的意料。而如今，"玫瑰岩的星期天"已经成了巴黎华人圈子里顶级的文化沙龙，承载着一批批好学食客的法国梦。

宣言邀请我的时候我答应得非常痛快。有两个原因，一个是宣言的先生杨总帮过我，我对所有帮过我的人的反馈都是没有条件的。另一个也是因为我周围的人也有这种听我讲课的需求，合二为一，我们共同完成了这个沙龙的十三期。

感谢玫瑰岩。

这次巴黎脱口秀的成功，增强了我做演讲的信心。2019年12月7日，在上海，我将在自己的人生中留下浓墨重彩的一笔，台下数百人的期盼将会成真，我会汇集我可以输出的一切，跟你们一起见证未来的力量。

今天还有一个让我特别感动的事情，就是傍晚的时候，一位读者给我转了1 000块钱，预订了两张上海演讲会的门票。我收了钱之后把她拉进了铁粉群，并说："另一个人你把她也拉进来。"

她说："刘老师，另一个人是我儿子。他高考前查出了白血病，我带他在北京大学人民医院做了骨髓移植手术，有一年半了，现在处于恢复期。那年夏天，我带他去上海自由行，他去完大都市回来突然开始发奋了，人也不再悲观，上海对他来说意义重大，好像点燃了他的梦想。今天读了你的文章，你的跨年演讲在上海，我们就决定再来。

还有一个原因,就是我可以在上海见朱朱,是朱朱把你推荐给我的。我还有其他几个一起在北京待过、抗战过的病友,也许都会在你的演讲会上见面。"

她说:"刘老师,好多人经常说,在生死面前,其他都不是事,我想说,我们活下来了,还要活下去,还想活得精彩。为了这个梦想我们要来,就像你说的,为了这个执念,为了奇迹,也是为了未来的力量。"

当时我正在开车,扫了一眼她的微信文字,眼睛一下子模糊了。我赶紧停在路边,把她的 1 000 块钱重新转了回去。我说:"不仅这次免费,孩子只要参加,我一辈子都会给你们免费,如果我的有生之年,能够给孩子哪怕是一丝鼓励,我都是幸福的,这种内心的触动,远远超越了我想要的功成名就。"

她没有收,她说:"孩子有能力赚到这个钱。"

我真的,很难受。

我们一定要像她说的一样,在这个世界好好活下去,好好活精彩。

我想跟她说,或者跟你们说:我,你们,无论在哪个城市,都会体验繁华,也会体验绝望和孤独,我希望我的这个平台,可以让我们这些以前不会相遇的灵魂拥有共同的家。

我也特别感激她对我的鼓励,就像她在留言中说的,人与人之间的差距,不是一步就能赶超的,她会跟儿子慢慢努力。她说:"刘老师,谢谢你的日记,因为你现在的文章里藏着你走过的路、读过的书和爱过的人。"

她说得真好,与你们共勉。

最后,我希望有一天我的墓志铭上,就写一句话:刘胜是一个好作家,他鼓励过很多的人。

如果你们偶然路过看到,千万不要哭。

萍水相逢的机缘

回到巴黎,还是老样子,早起送孩子上学,晚上接孩子回家。每天早上送完孩子之后,把车停到家里,去上班。天好的时候我就走路去,现在天冷了,就改坐地铁了。

前天上班,刚进地铁口,在售票处碰到一个中国老乡,他看起来很着急,看到我就问:"你是中国人吗?会法语吗?你帮我看看这个地铁票怎么买,我怎么买不了?"

我过去看了一下,他是想买地铁月票,信用卡怎么都支付不了,法语文字显示卡无效。我说:"老乡,你这个卡不行啊,估计芯片坏了,买不了了,你有现金吗?"他说他没有欧元,能不能我帮他刷卡,他微信给我人民币。

我是犹豫的,不太想惹麻烦,就说:"老乡,我送给你张地铁票,你先进去,后边再说吧。"他说:"不行,因为要去乡下,我的地铁票出不了圈,今天还得回来,单独买票的话,一来一回就15欧元了,一张月票才73欧,随便坐。"他是干工地活儿的,赚钱不容易。

说得很有道理啊，我说："那好吧，我帮你刷卡。"

支付成功后，他表示感谢，然后就扫我微信。巧了，地铁站信号不好，我扫成功了，他的手机好像有问题，通过不了。

他很着急，说："老乡，现在手机信号不好，我一会儿有信号了，立刻通过验证转钱给你，工地老板催得急，我先进去了。"

"行，"我说，"你赶紧走吧。"

我们就一起进了地铁站，共同坐了两站地。他一直鼓捣手机，我说："别弄了，不着急。"到了凯旋门，我去办公室，他去坐A线。

就此告别。

刚到办公室，刘太太就问："你买年票了啊，看卡里有个73欧元的地铁门票消费。"我就把来龙去脉讲了一遍，刘太太说："不会是骗子吧？"

"咋可能，直觉上我还是相信他的。"

当天我忙得不行，早上老乡的微信怎么也没有通过。我心里有点不舒服，想：这人。

第二天也没有消息。我在心里对自己检讨了一下，老江湖怎么会被骗呢？理论上不可能啊。刘太太还问："地铁哥还钱了吗？"我说："当然，微信转人民币了。"我不想给她添烦恼。

今天我依旧坐地铁，一进去，竟然就看到我老乡了。他在人群中到处找人，满头大汗，手里提着一个"陈氏"的袋子。一看到我，他就说："哎呀，老乡，可等着你了。"

原来，那天微信扫失败了，回去怎么都验证不了，他做工回不来。他觉着我应该是每天上班的，他今天休息，就赶过来等我，还对我说太抱歉了，要是等不到，他心里会很内疚的。他把手里的袋子给我看了看，说："老乡，我给你买了'陈氏'叉烧。"

剧情一下子反转，我突然感觉好温暖。很感谢他，不是因为这73欧元，而是因为一种信任，一种萍水相逢的机缘，还有就是我的眼光，我怕我看错了。

我说："老乡，别这么客气，叉烧多少钱？我给你吧。"他很激动，说："那可不行。那天多亏你帮我，否则迟到了老板要扣我50欧元。"

微信顺利加上了，我翻了一下他的朋友圈，就一条，前天发的：寻找地铁站那个帮他买票的帅哥，他描述里的我，形象很高大。

这人。

刘太太不止一次地说过我，看起来是个老江湖，其实内心无比干净单纯，永远不会去使坏，不会去陷害去报复别人，宁可别人负我，也不负别人。

作为山东人，从小到大的家庭教育还有大的社会环境，给了我最正确的三观。我有自己的小聪明，也有自己的大智慧。记得刚刚去常总那里工作的时候，常总给了我一个很高的评价。他说："刘胜，你不仅仅是聪明，你是有智慧。"

当时我耍小聪明耍到什么程度呢，就是每天晚上我要加班，真加班，为了让常总知道我在加班，我就用办公室的座机给他打个电话，问一些无关紧要，但是看起来很有必要的问题，反正他也睡得晚。这样，老板就知道，这么晚了我还在办公室工作，给他留下一个好印象。

常总非常大气，有时候我很晚给他打电话，他就会说："刘胜你出来一起吃夜宵吧。"他是个土豪啊，鲍鱼、龙虾、鱼翅，都是他请我见识的。崇文门新世界的烤乳鸽，算是常总在美食上给我留下的最美好的回忆。

这次去北京，天天用着他的车和司机，人却没有见上。他总是在我去北京的时候出差，我给他发了个短信，说："没有见到您，不开心。"他给我回复了一朵玫瑰花。

我理解为，他也想见我吧。

在一起的那段日子真的很美好。接下来的日子，希望我们都保重，永远都那么有魅力，岁月静好，继续一起走。

晚安。

特定年代的特殊记忆

想起了婷婷,我的发小。

记得小学三年级四月一号那天,婷婷喂了我一口奥利奥饼干。我微笑地吃了一口,里面是牙膏。婷婷惊讶地说:"那是牙膏!你怎么能吃!"

我说:"因为是你喂的呀。"

透过窗户,夕阳的余晖撒在了她脸上。

她脸红了。

是我打的!气死我了。

就为这事,小学同学周勤恨了我好几年,他心疼婷婷。

婷婷是周勤的梦中情人,也是我的。

本来婷婷属于我一个人,后来半路杀出个程咬金,周勤出现了,他以前不跟我一个班,是三年级的时候转学过来的,并且跟我同桌。

我当时是班里学习最好的。

他转过来后,向我表态要臣服于我这个"地头蛇",跟我好好学,争取也考第一名,因为转学之前他也是第一名。我们老师特地嘱咐我,说:"刘胜,你的竞争对手来了,你要是不抓紧,就要当老二啦。"

我有点担心,因为第二对我来说是不能接受的,我必须第一,但是当时我感觉周勤有点土,心里没有太瞧得上他。

不过,很快他就令我刮目相看了。因为一周后就是一次数学考试,我们俩都是满分,并列第一。

拿到试卷后,他说:"你们这里考试太简单了,使不上劲。"意思是,得100分太容易了。

我内心吓了一跳,感觉他不简单。

接下来的又一次小考,他比我多了0.5分,我人生第一次在班级里做了老二。

极不舒服。

更不舒服的是婷婷对我也变了。这个小妖精,就喜欢学习好的。自从我成了老二之后,她明显对我冷淡了,以前有点好吃的都给我,周勤考第一之后,就给周勤了。

胖死算了,我内心骂周勤,夺我的江山罢了,还抢我的女人。

那时候我早熟,都快熟透了。

接下来的半年里,我和周勤轮换着考第一,有时候是我,有时候是他。以前考试我从不紧张,周勤来了之后开始紧张了,怕失误,总想考过他。那段时间,周勤成了我学习的唯一动力。

婷婷依旧在不停地摇摆,一会儿喜欢我,一会儿喜欢周勤,谁考第一她就喜欢谁,势利得很。

不过,越这样,我和周勤就越喜欢,暗中较劲,一是为了成绩,二是为了女神。

我要打败周勤。

不过，说实话，周勤的实力非常强，我们俩那个时候都很努力，他略胜一筹，期末考试，他第一，我第二。

那年寒假，我过得不好，婷婷也没有理我。

不过我隐约觉得下一个学期可以翻盘。

下学期开学的第一天是正月十六，刚下了一场雪，我和周勤还有婷婷一起在操场玩。婷婷喜欢雪，为了献殷勤，我做了一个雪人，跟婷婷说："送给你的，你看像不像你？"婷婷瞄了一眼，说："我这么丑？"

拍马屁没有拍好，正郁闷着，周勤大喊，说："婷婷快来看，给你个惊喜。"我们都跑过去，在操场的一个角落里，雪上写着一个融化的字——婷，字是黄的，还冒着热气……

他撒了一泡尿浇出来的，"为了写好，我憋了一天。"周勤满脸骄傲地说。

婷婷当时就哭了。

被周勤气的。

小孩子还不太懂浪漫。婷婷觉得自己的名字被周勤用尿写出来是一种侮辱。况且，周勤的技术没有把握好，写得一塌糊涂，像个"娘"字。

周勤也没有料到，自己好不容易憋的尿，打了个水漂，无比郁闷。

婷婷哭完后说："我更喜欢刘胜的雪人。"

我们俩就算是复合了，把周勤羡慕得……

感谢周勤的那泡尿。

再后来，因为婷婷的打击，加上父母离婚，周勤就再也没有考过第一。不过，他始终觉着，没有别的原因，就是那泡尿尿错了，悔爱一生。

我和婷婷一直甜蜜到初中，后来她去了烟台。记得在分别的那天，她给我了一本日记，很美，是一个带壳子的本子，壳子上有一把锁，当时非常流行。婷婷说，里边有她想对我说的话，不过，现在不能看，要等我们长大了再一起打开。

日记给了我，钥匙留给了她。

这本日记我一直留着，跟着我辗转了世界各地。婷婷去烟台后，我们就失去了联系，到现在也没有见过。

周勤后来也去了北京，跟我一起吃过几次饭，聊起婷婷，他也说很想她。

儿时、少年、青少年，都是我们曾经的梦。那个时候的单纯、爱恋、相思都是珍贵的财富。婷婷和周勤也成了那个特定年代的特殊记忆。

我期待有一天可以再次遇见婷婷，一起打开这本尘封了几十年的日记，我冥冥中期待着，那里面有我也有她。

真想回到过去。写完这篇日记，蓦然回首，好像在一个午后，我一觉睡到醒，坐在小学三年级的教室里，面对着婷婷和周勤说，我做了一个好长的梦。

可惜再也回不去了……

成都，我来了

来到成都开年会。

这个城市对我而言比较特别。很多人觉得，在成都这个城市，我认识的人应该很多，毕竟远海的总部在成都。

其实不然，这里除了同事，几乎就没有别的人了。同事之间的关系都很纯粹，深交的几乎没有，可以约在一起吃饭的人寥寥无几。

好哥们 Duma 跟我的关系有点特殊，他是我的朋友，也是我的合作伙伴，还是远海的 CEO。年会期间，他是万众瞩目的明星，找他的人特别多，所以我也就没去凑热闹，只单独跟他聊了俩小时。

因为这些原因，除了工作以外，我几乎不来成都。所以，至今我还没有体会到这个城市众口一词的特色，比如悠闲、浪漫等，反倒是每次的大雾霾，让我印象深刻。

去一个城市，除了特别重要的事情，我都不会提前告知朋友。因为一旦我提前通知，基于一些友情或者感情因素，朋友们都是"与君有约风雨不改"的。我不想打乱别人原有的生活节奏。所以，一般在到达的前一天我会来个突然袭击。朋友们在是最好的，如果不在，我也就随遇而安了。

除了远海的朋友之外，成都我还是有人的，比如徐群超。

飞机落地，我给她发了个微信，问她在成都吗？

她说不在，在嘉兴，明天要去日本，28号回来。于是我说，那下次见了，因为我开完年会就飞回巴黎了。

她说，好。

我和群超的相识，缘于伊芙丽钱总。

想当年，钱总创业的时候，徐群超是她的第一位客户。她们那时都20岁出头，貌美如花。我看过钱总90斤时期的照片，也就比明星稍微好看那么一点，群超的颜值更是超群。

2007年左右，她俩结伴来了趟巴黎，我隆重接待了她们。但当时我的水平有限，所谓的隆重接待也无非就是请吃个家常菜，去飞机场来回接送一下。但也就是因为这些小事，群超非常感动，当下就决定和我成为挚友。

我做红酒十多年了，我的第一批客户，就是她们俩。这么想想，我也挺出类拔萃的，无论是谁，只要和我交了朋友，都会顺便成为我的客户。

更出类拔萃的是，滴酒不沾的两人，硬是被我说服在巴黎现场喝法国红酒，而且必须是我卖的法国红酒。喝完还顺便买了点儿走。后来我听说，那些酒钱总用来招待客户，已经喝完了，群超的喝了十年都还没有喝完。

我这药下得有点猛了，不过她们没有介意。

因为这些原因,我每次来成都,都会想起群超。对我来说,她成了我心目中成都的标签。如果说钱总土豪,群超就是超级土豪。

当初群超能够认可我,最重要的原因就是觉着我有才华,因为那时候我还没什么钱,唯一值得一提的就是喜欢作诗。

有时候在杭州,钱总和群超一起陪我去山里品龙井,我就会诗兴大发,借景生情,现场吟诗一首,每次都把她们迷得不行。对我来说,在有钱人面前,唯一可以拼的,就是我的文字。

现在想想那时候真是幼稚。

不过生活中的感情也好,友谊也好,就因为这些零零散散的花絮,结合在了一起,才让人有了回忆,有了沉淀。现在看来,以前我们做的所有的事情,都是对的,都是今天我们能够互相称对方为好朋友的缘由。

我翻了下微博,找到了很久之前写给群超的那首诗,那一年我们都在成都,现在看来,那诗还是那般应景。那是一首藏头诗:

徐风微拂,府南河岸雾中等雨。
群朋相聚,河江亭上追忆往昔。
超越昨日,笑谈今生无限甜蜜。
美情美景,跨越情谊今生有你。

群超说,我是第一个为她写诗的人。想当年,如果不是她已为人妇,我也已为人夫,说不定我们还真可以成就一段姻缘。这是她说的。如果真是那样,我应该可以少奋斗 15 年。要怪就怪刘太太魅力太大。

不过"从零开始"的体验,也不是每个人都能有的。

后来,群超拿着这首诗去了杜甫草堂,找了位老先生,写成了书法作品,装裱了起来,作为我们友情的见证。

一切都是冥冥之中的天意。

今天,成都,我来了。可惜没有你,否则一切便是完美。

刚子与三哥

在一次家乡聚会的饭局上,我吹牛吹得太厉害,以至于参加饭局的三哥被我征服了,非要认识我。

饭局之后第二天,三哥就带着酒来我家了。三哥不是我的亲哥,也不是远房亲戚,是凭空冒出来的,突然一天就来我家,坚持认了亲。

我也没有反对。

从三年前开始,三哥就经常去我家照顾我父母,帮忙拖地、买菜。每次来,他都带点东西,一把韭菜、三棵葱。家里有了新鲜的蔬菜水果也是第一时间送来。

父母多次表扬他,在我面前说,三哥重义气,跟我们无亲无故的,我们这么大年纪,没啥用了,还不忘记来看我们,真好。

我不止一次地跟爸妈说,千万别收人家东西,三哥日子过得一般,听说自己的父母都不咋管,你们别欠人家的。逢年过节,来的时候,一起算算,给他孩子个红包。

日子就这么平安无事地过,三哥依然如故,也没提啥要求。

有一年快过春节的时候,我回到家,三哥杀了一只羊送了过来。我非常不好意思,给了他2 000块钱。他说啥也不要,说:"你看不起三哥。"

好在快过年了,我可以给孩子发点压岁钱,算作回礼,我就不再坚持了。

压岁钱我给了5 000块。

一年之前,突然有个人加我微信,说:"我是你三哥。"

通过之后,聊了几句,我问:"三哥,你有啥事不?"三哥说:"没事,就是加个微信好联系。"

我随手就对三哥屏蔽了朋友圈,因为我的朋友圈太张扬,一般的老乡我就不打扰人家了,也不想给自己惹麻烦。

加了微信一个月之后,三哥给我留言:弟,能否通个话。

我就打了过去,三哥说:"我就开门见山了,你侄子大学毕业了,想去北京闯闯。你北京有人,帮我安排一下吧。"

我说:"行,让孩子联系我就好了,我来安排。"

三哥说:"小孩从小没有吃过苦,最好找个轻快点的、工资高的工作。"

我说:"行。"

我看了孩子的简历,毕业于山东的一个民办大学,在学校里混得不错,做了学生干部。加了他的微信,聊了一下,感觉还可以。我联系北京的前老板,他一口答应了,然后,人事走了个程序,孩子就去北京了。

后边我也没有问,应该是一切顺利。

三哥去我家更勤了，父母也感觉三哥去得太勤了，家里已经感觉不好意思了。

我听了之后，有点心慌。

2017年的3月份我回国，三哥天天在我家，服务前服务后，赶都赶不走。我回去了，朋友多，一般用车用酒店，几个兄弟朋友就包场了，他也服务不上。

在家期间，我实在是忙，也没太多时间留给三哥。

有一天，晚上有应酬，爸爸给我打电话，说："结束后你早点回来，三哥找你有事，你三哥的儿子也在。"

回去都十点多了，我说："三哥，你们有事就说话。"我又问："侄子怎么回来了？"

三哥抢着说话，说："让你侄子辞了，北京的工作不好混，天天加班，户口也不好解决，没啥前途。"

"哦，那就在附近找个工作吧。"我说。

三哥说："弟弟，我是这样想的，你这次来，直接把侄子带到法国吧？让他好好跟你干，你先让他给你开开车、跑跑腿什么的，毕竟是老家的人，你用着也放心，你侄子工作我让他辞了。"他还补了一句，"听说，法国总统都是你的朋友。"

事情闹大了……

我看了一眼我爸，我爸两手一摊，说："我也是今天才知道。"

我确实没有料到三哥突然有这个想法，但是人家孩子都领到跟前了，也不能马上说不行，我回了句："你们先回家，咱们后边一起商量一下，看看怎么办。"

说实话，三哥的要求我是有点害怕了。法国是个非移民国家，想来留学都不容易，别说直接过来工作。我是认识总统，关键是总统他不认识我。

接下来的解释过程还是挺漫长的，三哥以为买了机票就能来，事实上却不是这样。

就为这事，三哥对我埋怨挺多的，意思是北京的工作都辞了，孩子做了牺牲；加上这几年跑前跑后的，帮忙照顾我父母；我混得有点飘了，不讲感情了；他觉得我在法国开了公司，肯定需要人手啊。

三哥半年没有来我家。

半年前，我又收到了三哥的微信。大意是，侄子在家里高不成低不就的，一直也没有工作，情绪不高，就知道打游戏，听说我跟市里领导挺熟悉，看看，能否去政府部门做个公务员；而且特别强调了，这个事情对我也不难，就是一个电话的事，然后领导一句话，就行了，既然法国不好去，这个应该简单。

微信里说不清，我赶紧给三哥打了个电话，解释了几点：

一、我跟市里领导不熟，有些传闻是假的，回去后，能一起吃顿饭就不错了，哪敢找人办事。

二、现在的公务员体系，用谁不用谁，市委书记说了也不算，考试制度严格，最后面试时还要录像，没有作弊的可能。

三、孩子应该有自己的主见，你不能管得太多。如果来法国留学，可以学学法语走正规途径；如果做公务员，就得准备考试。

估计，那天三哥喝了酒，反正挺不开心的，没怎么听进去我的话，言语中对我的失望不言而喻。

我还是挺愧疚的，因为，他的诉求我确实摆不平。

从那以后，三哥就没有来过我家。生气了，或者是失望了。

再后来，三哥要买楼房，跟我开了一次口，说借点钱，就用俩月。我给了他两万，算是补偿一下，到现在我们就彻底断联系了。

三哥也没有说还钱的事情。

三哥这个事情，是我对不起人家。

这件事又让我想起多年前的一个朋友。

刚子。

大约五年前，那个时候，我在巴黎有点名气了，也算是有车有房。在一个朋友的聚会上，认识了一个老板，他年纪比我大，我叫他刚哥。

刚哥特别讲义气，做事情雷厉风行，开着辆大路虎，一看就挺有实力。一聚会他就着急掏钱请客，跟我很像。

那个时候刚有微信，彼此通讯录里好友不多，所以我们聊得比较多，经常互动。

有一天刚哥叫我去他家喝酒。

他弄了很多菜，买了大龙虾，开了瓶红酒，我们俩喝得晕晕的。感觉挺好。

唯一的疑惑就是他开着大路虎，住的却是租的房子，还跟别的房客合租。我呢，觉着刚哥可能有隐情，就没多问。

那天晚上才知道，刚哥是做玉器生意的，做得很大，国内开了十几家店铺。

喝到最后，感觉刚哥兴致来了，他说："弟弟，在法国这么多年，我就觉着你行，圈子里大家也都认你，我也是。今天开始，咱们就算是亲兄弟了。"

我说："行，刚哥。"

刚哥大气，估计是喝多了，他竟然直接要把手上的镯子给我，玉的。他说当年是从新疆一个富人的家里买的，十多年前就值40万，现在没有价了，要送给我。

吓了一跳，我哪敢要？40万呢。

刚哥发话了："老弟，今天你不要，就等于是看不起哥哥。你不收，我就摔碎它！这就当作咱哥俩定情了。"刚哥说，他对钱没有概念，无所谓。

拿起来就要摔。

我真的没有见过那种场面，感觉驾驭不了，只好同意收下，想着再找个机会还给他。

把镯子带回家后，我被刘太太批评了个底朝天，她说，千万不要无缘无故地占别人便宜。

后来，刘太太就把镯子收起来了，放在安全的地方，怕价值连城的镯子出差错，赔不起。

镯子事件之后，刚哥对我更好了，他知道我喜欢吃海鲜，经常买了送过来，也不跟我打招呼，放在门卫那儿就走。

我很心慌，其实。

后边几乎每一次跟刚哥见面，我都带着那个镯子，想还给他，他都不要,再后来,几乎都要翻脸了。

我也就没有再坚持,但是隐约感觉不踏实。

2014年,刚哥回国了,半夜里给我发微信,说有个事情找我帮忙。

我觉着回馈的机会来了,就说:"刚哥你说话就是,我来办。"

刚哥说,他刚进了一批好玉,是法国人要的,定金都交了,在国内他的人民币不够,想让我借他一些人民币,第二天让他会计打给我欧元。

我说:"刚哥,你需要多少?"

刚哥说:"不多,你给我150万就行。"

我有点犹豫,毕竟不是小数目,考虑了一下,我就说:"刚哥,我没有那么多钱。"

刚哥表示很震惊,说:"弟,你是真穷,还是不相信哥哥?"

我说:"真穷。"

刚哥说:"那你有多少,我急用。"

我想,刚哥送个镯子就40万,我也不能丢面子,就回答了说有40万。

他把账号发给了我,说:"我急用,上班时间就要收到,第二天我会打给你欧元,等于置换一下。"

我就给了他40万。

第二天,刚哥的会计有事,没有打给我同等价格的欧元,他在微信问:"你着急吗?"

"不急。"我说。

刚哥就说:"不急的话,就等我回法国,会计办事我不放心。"

刚哥在国内待了好几个月,一直没有确切的归期。

大路虎,价值40万的镯子,十多家店铺,还有讲义气的性格,让我对刚哥的实力深信不疑。

直到有一天朋友聚会。

聚会上开餐馆的老董在抱怨,刚哥半年前跟他借了10万,说三天还,一直没有还,现在电话都不接了。老董还问:"刚子没有跟你们借钱吧?"

我心里一沉,但是没有说话。

我在想,刚哥不是那样的人,不至于。至少我还有他的镯子,40万呢。

真正让我对刚子产生怀疑,是在我同学的爸爸来我家做客之后。

同学的爸爸来法国出差,他就是做玉的。我请他来我家吃饭,饭后,我就拿出那个镯子炫耀了一下,实际是为了鉴定,想让他估个价。

"大路货,不是真玉,六百人民币吧,"同学的爸爸说,"批发价更便宜。"

他非常肯定。

我和刘太太都没有说话……

同学的爸爸走了之后,第二天中午我给刚哥发微信。问:"刚哥,什么时候回法国?"

刚哥没有打字,直接语音留言给我了,听留言的环境很嘈杂,似乎是在酒场上。大意是,临时有些变化,最近回不来。问我是不是缺钱了,说不行的话第二天先还我20万。

我说:"刚哥,我最近手头紧,先给我20万吧。"

刚哥一口答应，说："明天办。"

现在是 2018 年了，我还没有收到那个 20 万，更不用说 40 万了。

中间刚哥拉黑了我，因为有几次谎言被我揭穿了，其中一次是他说，玉在海关被扣了，资金链断裂了。

我说："你把具体的资料发给我，海关我有熟人，帮你问问。"结果，根本没有那回事。

几次之后，我就不相信他了，以至于朋友也没法做了。

后来才知道，那镯子，刚哥送出去好几十个。有的说价值 3 千，有的说 3 万，我的最贵，40 万。

这件事情我没有懊恼，跟刘太太都想开了，生活就是这样，别人挖好的坑，有时候我们是逃不掉的。

况且，我坚信刚哥给了我一个价值 40 万的镯子，我那个同学的爸爸，一定是老眼昏花看错了。

我换了个角度去想，当初没有给他 150 万是对的，我省了 110 万呢。

刚哥一直没有消息，直到上个礼拜，老董给我发了一个微信，说，刚子出事了，估计来不了法国了，他诈骗被抓了，量刑不低。

刚哥栽了。

不过，我明白了一个道理，最终，我的确花 40 万买了一个镯子。

世界真是个大江湖。呵呵。

我有时候真应付不了，刘太太对我有一句非常中肯的评价，说我看起来老江湖，其实太单纯。

前几天我去参加法国中国电影节，见了刘烨。当天的开幕式上放了电影《无问西东》。我看完之后，感触特别深。

片子开头，张果果独白："如果提前了解了你所面对的人生，你是否还有勇气前来？"

我也想问问你们，你打算来还是不来。

我觉着我会来。

这个独白，特别有哲理。套用在我们的生活中，就是，对周围的人，如果我们能提前了解相处的结局，是否还会选择开始？

投契的朋友、情侣、同事之间，都喜欢用"相见恨晚"去表达对第一次相遇的感受，但，无数朋友相遇后的反目、情侣恋爱后的分手、上下级共事后的老死不相往来，都说明了一点，日久见人心。

问题来了，如果我知道结局，三哥和刚子，我该如何交往呢？

我们最初的交往，往往是无目的又充满随心所欲的幻想的。又有谁会知道，也许就在这闷热而令人疲倦的正午，那个陌生人提着满篮奇妙的货物，路过你的门前，他响亮地叫卖着，你就会从矇眬中惊醒，走出房门，迎接命运的安排。

这其实是泰戈尔的诗。

用在这两个故事上，正合适。

《无问西东》中，那个空军教练说："这个时代缺的不是完美的人，缺的是从心里给出的真心、正义、无畏和同情。"

他说的是对的。所以，一开始，三哥和刚子出场的时候，或许隐约中我已经预感到了结局的不完美。但即使这样，也不妨碍我对他们的期许和幻想。

他们的思想轨迹和我的幻想，都一样，都是人性使然。

"不要放弃对生命的思索，对自己的真实。"这是我今天想要说的话。

是的，即使生活中有很多的尔虞我诈，有很多的事与愿违，也并不影响我们持续的真实。我就是这样，我心如明月，对朋友，我做到了肝胆相照。你不相信我，等于你不相信自己的眼睛。

混了这么多年，我在生意场上没有坑过人。

我跟很多人讲过，精神世界决定着一切，如果我们有机会去接触最顶端的群体，就会发现，他们所有的故事，都是被一种浓烈的、高尚的精神串起的。这种精神，高于"明哲保身"，高于"最佳选择"，这种精神，或许会让人在当下的社会中显得格格不入，甚至愚蠢。

我，或者我们，也想成为他们。

因为如此，我想把《无问西东》剧中梅老师的那段话送给大家。

他说：

> 有段时间，我远离人群，独自思索，我的人生到底应该怎样度过？某日，我偶然去图书馆，听到泰戈尔的演讲，而陪同在泰戈尔身边的人，是当时最卓越的一群人（即梁思成、林徽因、梁启超、梅贻琦、王国维、徐志摩），这些人站在那里，自信而笃定，那种从容让我十分羡慕。而泰戈尔，正在讲"对自己的真实"有多么重要，那一刻，我从思索生命意义的羞耻感中，释放出来。原来这些卓越

的人物，也认为花时间思考这些，谈论这些，是重要的。

今天，我把泰戈尔的诗介绍给你们，希望你们在今后的岁月里，不要放弃对生命的思索，对自己的真实。

梅老师说得太好了。

天空中没有痕迹，鸟儿却已经飞过。

窗外，阳光明媚，鸟儿在鸣叫……

侧面看去，刘太太的孕肚越发饱满；书房里，俩宝认真地写着汉字；厨房里阿姨烧的川菜满屋飘香。

岁月静好，现世安稳。

这句话是张爱玲和胡兰成写的。

本来，三宝的名字来自于这句话。我说过，如果是女孩就叫刘静好，如果是男孩就叫刘世安。

后来我改了，给她改名叫"刘傲娇"了。她就应该过着白落梅书中写的生活：

> 一剪闲云一溪月，一程山水一年华。一世浮生一刹那，一树菩提一烟霞。

她们必须幸福。

也许，有一天，我的三个孩子在评价爸爸的时候，会说："我们的爸爸，曾经经历过全世界。"

她们脸上应该全是自豪。

我只想告诫所有的朋友，人世间没有从头再来的机会。

且走且珍惜。

突然想起，我还想分享一句话，是新东方集团的新任掌门人周成刚说的。

他在北京请我吃饭，他说："像我们这个年龄，时间宝贵，现在相交的朋友，都是奔着一辈子去的。"

我记住了，这也是我的期许。请你们善待彼此。

不过，无论如何，在最后，我都想再次跟三哥和狱中的刚子说声抱歉，这个世界，希望未来如你所愿，我们再见或者再也不见。

相逢的人会再相逢

此去经年，万般留恋感慨。人在异国他乡，情愫隔空而生，唯有下笔追忆从前，历述感恩与戴德，方能安心入眠。

万千思绪，始终绕不过我过去的 16 年，无论是出国还是结婚生子还是新世纪的来临，我都经历了一个不可复制的 16 年。

2012 年的时候，我跟很多朋友提过十年的感念，也曾经为了忆往昔、看今朝，跟杭州的朋友一起去一个名叫"十年"的主题餐厅欢聚。

在我所有的记忆片段中，可以连在一起回放的，始终是我和家人、朋友，还有你们的画面。

是我，是他们，也是你们，一起构筑了我的生活，在生活的情节当中，每一个人都曾经做过我的主角，给予了我不曾追悔的充实。

16 年前的一个傍晚，我乘坐的航班飞临巴黎。飞机开始下降时，我透过舷窗，好奇地俯瞰着这片我从未踏足过的土地。我的心情没有丝毫波澜，准确地讲，没有兴奋，没有激动，没有向往，也没有期待，心中只有一丝隐隐的顽固的对未来的忧虑。

转眼 16 年过去。

16 年中发生的一切，大大出乎了我少年时对自己未来的种种设想。16 年的漂泊，16 年的磨炼，许多事情历历在目，也有许多变得模糊，被掩埋在逝去的岁月中。

这 16 年，我经历了从学生到职业人、从员工到管理者的转变，也经历了从漂泊青年到为人夫、为人父的转变，切身感受到了一个人的成长。

那些让我获得成功和认可的事，以及那些让我至今想起仍感到遗憾和尴尬的过去，都给了我最大的收获和性情的修炼。

无论如何，让我感到更为幸运的，是我一路有你们相伴。

我的妻子、孩子和父母、亲人，还有很多一直支持我的朋友，你们一直鼓励我，支持我，包容我，甚至原谅我的过错，才让我能够走到今天。

虽然经历中不乏辛苦，但感谢有你们，我从来没有孤独过。一位大师曾说，真正的成功，不是你赚了多少钱或者做了多大的官，而是有一天当你除去这一切身份的时候，还有人愿意在你身边，对你微笑。

这话让我非常感动。而且我相信，当我拥有你们的微笑，我就拥有了全世界。谢谢你们！祝福我懂的、懂我的朋友们新年快乐！

村上春树说："每个人都有属于自己的一片森林，也许我们从来不曾去过，但它一直在那里，总会在那里。迷失的人迷失了，相逢的人会再相逢。"

我们生命中遇见的每一个人，总会让我们懂得些许道理，或教会我们爱与释怀，或带给我们教训和成长。

对我来说，过去的 16 年，是经历，是生活，是体验，是修行。

遍历山河，人间值得，我们都没有白来。

接下去，继往开来，万物更新。后面的日子是崭新的，跟我一起喊加油，往前走，我们都不要回头看了。

最后，祝愿所有的朋友们，读者们，身体健康，万事如意。

期望你们往后，天黑有灯，梦里有爱。

以爱之名，用心致谢
——写给自己和所有支持我的人

缘于一个闪念，我决定写日记。

像是突发奇想，又像是准备已久，只欠一个开始。

好，那就开始，从一天一夜写到一千零一夜。

每天一篇，汇聚成独一无二的"内心很帅"的日记。

在因缘际会和各方助力下，我的第一本书顺利面世了。

回头望，万千感谢，感谢万千。

我这几天一直在想感谢的人、感谢的话，因为很多人都在为我无偿地付出。谢谢你们的爱，让我内心更帅。

首先要感谢我的家人们。

刘太太和她领导的后方团队二十年如一日地支持和认可我。最让我感动的是，她不但指导着我的工作和生活，还跟我们所有的家人一起，靠本色成为日记里最美的主角。

感谢三个孩子,感谢爸爸妈妈和岳父岳母。谢谢你们,我爱你们,天长地久。

感谢我日记里出现的所有人物。

你们的日常构筑出了我的日记,而我不过是用文字来记录。

我写下你们的坎坷与曲折、精彩与热血、传奇与励志,是想带更多的读者去看更大更美更真的世界。因为有你们,我相信,世界会越来越美好。你们都是筑梦人,谢谢,你们的故事表达了我想说的一切。

感谢中国书籍出版社的所有老师,他们为本书的出版付出了极大的心血;杭州的美女芸芸,主动负责了过程中所有的对接工作,这本书能出版,她倾注了最多的心血;洛杉矶的插画师静圆给我配了最有意境的画,让它不仅有文字,还有更浓的艺术色彩;孔雀独自尽职尽责地负责了我公众号的更新。感谢她们,让我的日记和书由内而外地散发出美。

所有这些行动,都是这本书面世的强力保证。

特别感谢一下我的"水浒群"的成员们。

他们因我的文字而来,又因我的文字聚在一起。来自五湖四海的各行各业的精英豪杰,坚定执着热情昂扬地跟着我,一起相信着未来的力量。毫不客气地说,他们,是我的左膀右臂;他们,是我的骄傲。在此,请允许我把他们的名字一一列出来,让闪亮的名字与书同在。

谢谢你们……

最后的感谢给我公众号的读者们。没有大家的关注、认可、喜爱和鼓励,我就实现不了每日更新。我的文章是写给每一位读者的。如果你们因此而受到激励,甚至改变人生,于我,就是最大的肯定。谢谢你们的一路追随。回头望,最美的风景永远是你们。

最后的最后,我要感谢自己:喜爱文字多年,终于以梦为马,执笔走天涯。心中豪情万千,化作万语千言。内心很帅,内心不坏!

希望你们喜欢会喜欢这本书,未来我们一起更精彩。

刘胜 于巴黎

"水浒群"名单如下:

林光锐	刘文静	宋漫	卢珊珊
蒋天成	陈亚文	刘向玲	黄连将
吕程	王雅楠	仇巧飞	乔彦根
马德强	武霞军	孙莉莹	何沐芝
任明娟	杨圣	钱霞娥	周初玉

杨佳敏	左辉宏	齐龙芳	蔡根蒂
李海亮	朱　蓉	聂　思	孙溪矫
潘旭妍	侯昂剑	程永鹏	张　婷
吴　滨	凌厚权	王丽霞	陈长峰
侯　萍	李家庆	邓　伟	王立敏
任文勖	蒋利芬	张　睿	韩孙玉
孙未来	青　青	赵金秀	刘彬健
孟凡峰	周俊豪	赵　恒	王洪萍
张　璇	葛厉媛	薛素琴	明芳芳
华苏雯	金　津	高世杰	郭彦斌
徐喜花	赵树梵	张兰芳	祁存兴
司梦涵	徐金玉	祝宏微	邓娟娟
杨亚群	庄燕华	周凯翔	杨　俊
熊润潭	张　鹏	李沛燃	李　炎
虞　铭	陈连霞	张小愚	赵　翠
龙　娟	张雪娟	熊　晋	徐　雷
阿　布	谢　蕾	李晶晶	陈　杰
孙慧静	陈玉峰	招泽源	刘硕果
齐梅齐	李宝庆	王　涛	司海霞
许　超	欧阳燕妮	王　丽	邹　鑫
王　薇	韩　涛	赵亚朋	李希怡
梁长坤	郭婉婷	田滢秋	邱鑫鑫
李雪玲	吴　超	陆　茵	赵景云

徐宏强	谢功礼	武良朝	黎朝宝
刘小庆	黄成汉	赖鸿韬	张继全
邵珠斌	王　杰	李欣颂	梁兴辉
叶春锋	陈海兰	曹丽英	邹锦标
张　辉	周文艾	钟　义	侯丽敏
石小慧	丁一龙	韩要红	杨　华
廖　芳	张　宁	焦永召	白绘粉
田　荔	莫雨竹	冉　涛	黄月龙
董　瑞	刘　聪	张　鹏	彭　鹏
陈金华	周　燚	吴　艳	林　晋
魏　军	莫汝韬	王炳新	陈恩平
郑　丹	洪梦秋	武媛媛	刘丽娜
周方助	张晓燕	王明伟	张洪强
郭锦康	杨泽梅	张豪林	李　洋
梁晓耀	姜文平	伍玲林	傅　婷
刘宏福	杨怡斐	董　晶	刘　闯
刘倩霞	胡洪军	丁星萍	李　蒙
韩　朋	蒋邦军	卢嘉骐	唐新苗
彭　婷	袁　冰	于国亮	秦　磊
唐贤葵	魏　芳	周嘉轩	